RODRIGO BRAND | SACHA RODRIGUES

DESDITAS CARIOCAS

ubook ubk
Publishing House

COORDENAÇÃO Alessandra Brito
EDIÇÃO Nikita Sigrist
REVISÃO Amanda Tracera
CAPA E PROJETO GRÁFICO Clarissa Duarte
IMAGEM DA CAPA Donatas Dabravolskas | Shutterstock
DIAGRAMAÇÃO Joyce Matos
IMAGENS DO MIOLO grop; Robson Theobald | Shutterstock

Dados Internacionais de Catalogação na Publicação (CIP)
(Câmara Brasileira do Livro, SP, Brasil)

Brand, Rodrigo

Desditas Cariocas / Rodrigo Brand, Sacha Rodrigues.
Rio de Janeiro, RJ: Ubook Editora, 2022.

ISBN 978-65-5875-659-0

1. Contos brasileiros I. Rodrigues, Sacha. II. Título.

21-89315 CDD-B869.3

Índices para catálogo sistemático:

1. Contos: Literatura brasileira B869.3

Eliete Marques da Silva - Bibliotecária - CRB-8/9380

Ubook Editora S.A

Av. das Américas, 500, Bloco 12, Salas 303/304,
Barra da Tijuca, Rio de Janeiro/RJ.
Cep.: 22.640-100
Tel.: (21) 3570-8150

EPISÓDIOS

PREFÁCIO

O HOMEM É UM MENINO PERENE

"Críticos fizeram uma observação restritiva: minha obra toda gravita em torno de — sexo, sexo, sexo. Sendo isso verdade, qual o inconveniente? Já disse que não vejo como qualquer assunto possa esgotar-se e muito menos o sexual. Todavia, no caso particular desta observação, há uma malícia sensível. Já não importa tanto o fenômeno da repetição e sim a natureza e a gravidade do tema. O assunto sexual ainda dá motivo a escândalo. Amigos e conhecidos meus, interpelam-me na rua: 'Você só sabe escrever sobre isso?' Isso é o amor. Há nesta pergunta um fundo de indignação, que eu não devia compreender e que talvez não compreenda mesmo. Afinal de contas, por que o assunto amoroso produz esta náusea incoercível? Por que se tapa o nariz ao mencioná-lo? E, sobretudo, por que investem contra mim, como se fosse eu o inventor do sexo e como se ele não existisse na vida real, nem tivesse a menor influência na natalidade, aqui e alhures? São perguntas que formulo e desisto de responder." Nelson Rodrigues.

Um dos nossos maiores intelectuais, romancista, dramaturgo e jornalista é, também, um dos mais polêmicos. Nelson Rodrigues. Controverso, mas nunca incoerente, raso ou medíocre. Há muito a se falar de Nelson, sua obra enseja abordagens múltiplas, mas aqui, antes de passar para os pequenos e amorosos contos, ou mesmo crônicas da vida correndo desembestada no cotidiano do mundo comum, duas questões devem ser lembradas. Toda a obra rodrigueana gira em torno do embate civilizatório entre os instintos, desejos e recalques dos indivíduos versus os interditos e normas que asseguram o convívio em sociedade, sejam leis humanas ou divinas. Isso porque, como cristão, Nelson acredita que o livre-arbítrio funda nossa consciência, nos responsabiliza pelas escolhas e estabelece nossa condição. Fomos expulsos do Paraíso porque armamos contra Deus! Depois disso é luta!

Uma segunda e bela questão é obra de gênio, movida por uma enorme paixão pelo Brasil e pelos brasileiros. Desde a tragédia grega estabelecemos uma hierarquia preconceituosa entre questões elevadas da existência e da vida e a experiência dos mais simples, o povo. Exemplo maior é o "status" da tragédia, com seus heróis trágicos e nobres e a comédia, com os zés-ninguéns rindo de suas mazelas e infortúnios. O elevado e nobre vêm de cima, o vulgar e pobre vivem nas ruelas, vilas, botecos, lupanares e feiras, com seus dramas sem dimensão heroica. Nelson Rodrigues foi ousado, corajoso e radical. Esse autor odiado pela esquerda, desprezado pela direita, vilipendiado por certa "inteligência" retrógrada e colonizada, fez de seu universo o dos homens e mulheres suburbanos, gente simples, que constroem o país, enquanto sofrem e se esbaldam na existência cheia de som e fúria. Dando-lhes dimensão trágica, colossal, Nelson Rodrigues revela seu amor pelos indivíduos, pelo ser humano, sem preconceito de classe, credo, gênero ou raça. A obra do cristão Nelson Rodrigues afirma que todos são iguais perante Deus, do escravo ao senhor, do rei ao vassalo, do preto ao branco, da mulher ao homem. Todos são iguais em suas loucuras, taras, desejos inconfessáveis, obsessões e uma desesperada luta pela felicidade e ordem.

Nos contos de Rodrigo Brand vamos encontrar o cheiro e o sabor do imenso Nelson Rodrigues, uma grata e justa homenagem. Boa leitura!

Moacyr Góes

PALAVRAS DO AUTOR

"ESPELHO, ESPELHO MEU, EXISTE ALGUÉM MAIS BELA DO QUE EU?"

Esta frase, encontrada no livro "Branca de Neve e os Setes Anões", dos irmãos Grimm, autores de outros clássicos como "Chapeuzinho Vermelho", "A Bela Adormecida", "A Gata Borralheira", "Rapunzel", revela mais do que o narcisismo da Rainha Má e o seu desejo em saber quem é a mulher mais bela do Reino. A relação da Rainha com o Espelho Mágico revela quem esta personagem é, seus pensamentos, intenções, medos, frustrações e este, meu caro leitor, é um dos papéis da literatura. Cada livro é como um espelho mágico, que através de sua história e seus personagens nos diz um pouco de quem somos nós, como nos comportamos, o que pensamos, o que já fizemos ou o que podemos nos tornar, nosso passado, presente e até mesmo... um possível futuro.

O mais influente dramaturgo do Brasil uma vez disse: "Sou um menino que vê o amor pelo buraco da fechadura. Nunca fui outra coisa. Nasci menino, hei de morrer menino. E o buraco da fechadura é, realmente, a minha ótica de ficcionista. Sou (e sempre fui) um anjo pornográfico." O autor revela, como todo grande mestre faz, que sua ótica ficcionista contém um "quilo de verdade". Cunho este termo porque a obra do caríssimo Nelson é pesada, e é pesada porque foi observada primeiro para ser romantizada depois. E porque foi observada primeiro (pelo buraco da fechadura), a exposição de seu conteúdo causou a bulha que causou. Bulha, aliás, é o mesmo que estardalhaço, mas convenhamos: bulha é mais Nelson Rodrigues. A sociedade carioca (e brasileira) se *re-conheceu* com os textos do "tarado de suspensórios" e não gostou da imagem refletida no espelho mágico rodriguiano.

Somos humanos, falhos. Estamos tentando nos entender, nos reconhecer. Lembrar, predizer. E aí reside o poder de um livro. Literatura é uma ferramenta. Literatura não alimenta o estômago, mas alimenta a alma. Espero que tire algo de proveito deste livro, que aprenda com suas histórias, deixe que a tragédia aconteça com os personagens para que não tenha que acontecer em sua própria vida. Tenho certeza que irá ao menos se divertir. Como posso estar seguro disso? Como diria o *bode*... "É batata!"

Rodrigo Brand

INTRODUÇÃO

Em 2017 fui convidado a participar da peça *Se eu fosse Nelson*, inspirada no universo de Nelson Rodrigues, escrita por Rodrigo Brand, um jovem autor brasileiro radicado em Los Angeles. Na peça, composta por cinco esquetes com absoluto humor rodriguiano, Nelson cria seus personagens e interage com eles. Foi uma honra receber o convite, e foi emocionante interpretar o maior dramaturgo brasileiro, meu avô.

A montagem foi sucesso absoluto de público e crítica, tendo uma de suas esquetes, "Amado", sido vencedora do Festival de Esquetes Cena Play. Rodrigo e eu ficamos amigos e conversamos muito nos meses seguintes ao espetáculo. Em meio a essas conversas inspiradas, as ideias foram surgindo, e a peça se tornou uma trilogia, somando-se à primeira as peças *Ainda Nelson* e *Para sempre Nelson*.

Eu estava trabalhando para produzir a segunda temporada de *Se eu fosse Nelson* quando aconteceu algo que não esperávamos: a pandemia de covid-19. Após o susto inicial, veio a tristeza de ter o trabalho interrompido. Mas o ser humano se reinventa, principalmente nas adversidades, e com a ajuda da tecnologia começaram a acontecer as *lives* na internet, de todos os tipos, formatos e conteúdos. Com isso em mente pedi a Rodrigo que transformasse as esquetes em contos.

O natural, ou normal, caso prefira, é ler um texto e gostar tanto a ponto de querer adaptá-lo para o teatro, transformando a prosa em rubricas e diálogos. Fizemos o caminho inverso. E Rodrigo o fez rodriguianamente, com o brilhantismo inerente aos grandes autores.

Assim nasceu o livro que você tem em mãos, com muito amor pelas artes e muito trabalho. Um livro que reitera a importância do pai da moderna dramaturgia brasileira, também como inspiração a novos autores.

Tenho certeza de que será uma deliciosa leitura.

Salve Nelson, parabéns Rodrigo.

Gratidão,

Sacha Rodrigues

O BEIJO

• RODRIGUES •

Rodrigues era implacável, não havia moça na cidade que conseguisse escapar. Era algo impressionante, quase surreal. Luis Buñuel ficaria atordoado com a extravagante habilidade do rapaz. Para começar, Rodrigues era feio. Sim, feio. É sabido que moças, ao menos em sua maioria, preferem rapazes bonitos, bem apessoados, com corpos delineados e afins. Não é por acaso que as imagens de deuses gregos como Apolo e Adônis são marcos da beleza ocidental. Rodrigues não tinha nada disso, diferia absurdamente de tais referências. Tinha, por exemplo, uma pequena barriga, nada que chamasse tanto a atenção, mas tinha. Seus cabelos, apesar de jovem, já começavam a cair e Rodrigues apresentava em seu couro cabeludo uma bela entrada. Seu rosto não tinha traços finos, ou, exóticos, nada mais que um "quê" de normal. Acima de tudo, Rodrigues não possuía fortuna ou posição social que o favorecesse no jogo da conquista. O que o rapaz tinha de excepcional, principalmente para sua idade, eram sua lábia e sua confiança. Ah... Rodrigues, ele conseguiria fazer o diabo ajoelhar e rezar missa, tudo, apenas com o poder de sua língua.

No bairro onde morava, Rodrigues já havia, como dizem os populares, "passado o rodo". Sim, uma a uma, praticamente todas as moças com idade para tal, já haviam caído em sua rede. Digo caído, porque Rodrigues era mestre em conquistar e desaparecer, deixando as não mais tão donzelas de queixo no chão. Como era possível tal fenômeno, ninguém sabia. Fato era que a fama de Rodrigues já virara história de pescador. Tal qual *Moby Dick*, Rodrigues comia todas e não caía nas mãos de ninguém. A única que restara, ao menos segundo a lenda, era Carminha.

• CARMINHA •

Carminha era uma bela moça, a todos chamava a atenção. Seus cabelos negros, longos e lisos, sua pele morena e seus lábios rosados eram como um oásis em meio à paisagem opaca da cidade. Alguns diziam que a família de sua mãe descendia diretamente de uma tribo indígena, o que poderia explicar sua força de vontade em resistir à sedução dos "caras pálidas". Sim, Carminha era uma sobrevivente: não havia dia que saísse de casa que não chovessem propostas a torto e a direito. Todos tentavam a sorte, mas Carminha seguia implacavelmente solteira e pura, como uma guerreira amazona.

• O ENCONTRO •

O encontro aconteceu numa vazia manhã de domingo. Era sempre sem competição à sua volta que Rodrigues se aproximava de sua presa. Segundo ele, quando compartilhava com amigos um pouco de suas táticas, para evitar distrações. Assim como um hipnotizador, Rodrigues necessitava da atenção completa de sua vítima.

Carminha já estava na mira de Rodrigues havia algum tempo. Ele secretamente a cortejava com delicadezas — bilhetinhos, bombons e rosas singulares deixadas à porta de sua casa pouco antes dela sair. Aos domingos pela manhã, Carminha ia religiosamente à banca do Gama comprar o jornal para o seu pai. Foi num desses domingos, ao regressar para casa, que Rodrigues a abordou, oferecendo sua companhia para um retorno seguro.

Carminha não fez oposição, ela já sabia que Rodrigues era o autor dos mimos matinais e mostrava um recíproco interesse pelo rapaz. Os dois caminharam lentamente — Carminha, que tinha um pai absolutamente dedicado à preservação da filha, pouco saía, portanto, aproveitava a oportunidade da companhia masculina. Rodrigues, por sua vez, usou a lânguida caminhada para convencer Carminha de suas boas intenções. Se houvesse testemunhas, elas diriam que Carminha e Rodrigues estavam enamorados. Este, não a tocava, mas pleiteava seu caso insistentemente, fazendo questão de arrancar um sorriso da moça ao final de cada sentença.

• O PEDIDO •

O pedido se deu nos acréscimos do segundo tempo, quando Rodrigues e Carminha chegaram à porta de sua casa. Era tudo ou nada, pensou Rodrigues, e ele, arriscou:

— Um beijo, Carminha. Um beijinho só.

— Não — respondeu, enfática.

No entanto, Carminha permaneceu no mesmo lugar, jornal na mão, sem sequer se despedir. Para Rodrigues, se o time ainda está em campo, é porque o jogo não acabou. Insistiu:

— Mas é um beijinho só, que mal tem?

— Tem que essa boca não foi achada, não. Papai a fez, e com muito cuidado.

Carminha era boa jogadora, defendia todos os avanços de Rodrigues com maestria. O rapaz tinha um vocabulário de jogadas ensaiadas, mas Carminha, bem preparada pelo pai para jogar na retranca, sabia de cor um tanto quanto de frases feitas para defender a área.

Foi quando Rodrigues já pensava em desistir, algo inusitado em sua experiência, que Carminha partiu para o ataque. Propôs:

— Entra. Fala com o meu pai. Pede a minha mão.

Choque. O pai de Carminha era conhecido na cidade por seu humor sóbrio, nem cumprimentava os vizinhos de porta. Trabalhava de casa e deixava os afazeres de rua, raros, a cargo de Carminha. Quando saía, era objetivo: olhar reto e sem qualquer pequeneza de cunho social. Assim, desde o abandono da esposa.

— Ah, Carminha, falar com o velho? Você bem sabe que ele é cheio de manias — se escusou Rodrigues.

— Não! É que ele é tradicional! Tem que falar com ele primeiro, só isso — rebateu Carminha. Antes mesmo de Rodrigues considerar um contra-ataque, Carminha arrematou: — Você pede a minha mão, mas eu te dou a boca, o beijo que tanto quer.

Quem poderia resistir a tal proposta? Agora o único empecilho para a conquista de Carminha... era seu pai.

• O PAI •

O pai de Carminha era uma figura notória no bairro. Apelidado de “bode”, devido ao seu cavanhaque grosso e cenho sempre cerrado, ele permanecia a maior parte do tempo em seu escritório no segundo andar da casa, onde escrevia crônicas e críticas para o jornal local. Suas opiniões eram não apenas conhecidas, mas repetidas pelo público em geral. Destituído da necessidade de agradar, o bode não perdoava – achincalhava de artistas a políticos sem hesitação. Era de uma honestidade e de uma habilidade tal com as palavras que ninguém, nem mesmo o dono do jornal, ousava questioná-lo. Além do mais, vendia – todos queriam saber quem era a próxima vítima do bode. A única que permanecia imune ao seu humor era Carminha.

– Papai, trouxe o jornal – disse como de costume, sorriso no rosto, ao entrar no escritório.

– E este, quem é? – perguntou o pai ao avistar na porta a figura de Rodrigues.

– Rodrigues. Ele queria muito falar com o senhor – anunciou.

Carminha beijou o pai na testa e deixou os dois a sós. O bode, cenho cerrado e olhar fulminante, não sorriu, não ofereceu a mão ou uma cadeira para Rodrigues, apenas ordenou:

– Fecha a porta.

• A CONVERSA •

A conversa seria breve, como todas em que o bode era uma das partes. Ele serviu um copo de uísque, apenas um, mas indagou:

— Bebe?

Rodrigues não sabia que medo era aquele que o acometia, apenas que era real, pois as palavras saíram de sua boca num tom baixo e tremido, quase rouco.

— Pouco. Quando há oportunidade, apenas. Mas pouco. Raro na verdade.

A reação do bode foi apenas um curto "Mm". A seguir, abriu uma das gavetas de sua mesa, retirou um revólver calibre 38 e o repousou perto de seu copo. Rodrigues teve que usar toda sua força de vontade para não sair correndo. O bode retirou um segundo item da gaveta: um maço de cigarros. Sem olhar para Rodrigues, continuou:

— Fuma?

— Não. Fumar, nunca fumei não —respondeu de imediato o rapaz, temendo por sua vida.

O bode acendeu um para si e estendeu o maço para Rodrigues. Este, não ousou recusar. Tirou um cigarro e fumou sem tossir, o que demonstrava que não era sua primeira vez. Ficaram ali a fumar, em silêncio, o bode e Rodrigues. O primeiro, confortável, recostado em sua cadeira de couro, senhor do seu lar. O segundo se esforçando ao máximo para conter o suor que teimava em sair por todos os poros de seu corpo. De súbito, como de praxe, o bode foi direto ao assunto:

— Então, o que quer?

— A mão — respondeu Rodrigues, as palavras lhe escapando à boca.

— A mão? — perguntou o bode.

— É. Da Carminha. Pra andar de mão dada, sabe? — justificou Rodrigues.

O bode insistiu:

— Só a mão?

Após uma pequena pausa, Rodrigues, lábios tremendo, soltou:

— Só sim senhor, seu Delson.

Os minutos seguintes foram como horas para Rodrigues. O bode colocou a arma de volta na gaveta, estendeu um cinzeiro para que ele apagasse o cigarro e fez o mesmo com o próprio. Em seguida, olhos algemados com os de Rodrigues, disparou:

— A Carminha consegue tudo o que quer, não é?

Rodrigues engasgou.

— Consegue sim senhor, seu Delson — respondeu baixinho o jovem.

— Carminha! — chamou o velho.

A filha abriu a porta de imediato. Entrou, sorriso no rosto, como de costume.

— O rapaz veio pedir a sua mão. Pra andar de mão dada, sabe?

— Jura?! — indagou Carminha. — Ora, por essa eu não esperava. Um cavalheiro, o Rodrigues — arrematou.

— Sim. Um cavalheiro — afirmou o bode. — Vamos, rapaz, pega na mão. Pega na mão da minha filha.

Carminha, estendeu a mão; Rodrigues, tremeu. Timidamente entrelaçaram os dedos.

— Pode ir até a banca, Carminha. Até a banca e nenhum passo a mais. Me traz um maço de cigarros.

— Coisa de meia hora, papai — respondeu Carminha sem sentir o peso do comando do bode.

Já Rodrigues não podia, sua camisa estava empapada de suor, fruto de seu sofrimento e nervosismo. Mal os pombinhos cruzaram a porta do escritório, o bode sinalizou:

— E rapaz! Não se esqueça! — disse, batendo levemente com a mão na mesa por sobre a gaveta onde se encontrava o revólver calibre 38.

• O BEIJO •

O beijo finalmente ia acontecer, mas Rodrigues agora questionava se o preço a pagar realmente valia a pena — estava para sempre no radar do bode. Este sabia quem ele era.

Mal saíram da casa, Carminha soltou:

— Viu? Não foi tão difícil, foi?

— Este beijo ainda me mata, Carminha — suspirou Rodrigues, desolado.

Carminha não se alterou; ao contrário, se jogou nos braços de Rodrigues e lhe deu um beijo de tirar o fôlego — o beijo que ele tanto queria. Após o choque inicial, Rodrigues retribuiu, aproveitou o quanto podia do tão caro desejo.

Caminharam pela rua, de mãos dadas, até a banca do Gama. Rodrigues, cabeça baixa, como um time que ganha a final, mas perde o campeonato. Carminha, a felicidade em pessoa, favorecida pelo resultado — a única moça... a capturar Rodrigues.

A PARTIDA

• BRAGA •

Braga era um desses jogadores e técnicos de futebol de sala de estar. Jogara um pouco no ensino médio e até tentara, uma vez, a seleção para um time amador. Apesar de não ter passado nem da primeira fase, se considerava craque – típico brasileiro.

Torcedor fanático do Fluminense, em dia de jogo sua atenção era dedicada exclusivamente ao futebol, tal qual um fiel e seu culto. A sala de estar era sua igreja, o velho rádio de pilha... seu pastor.

Tinha o hábito de sempre chamar um amigo para ouvir o jogo sem se importar com o dia ou o horário desse; o caso é que dar opiniões e direções a ninguém não tinha graça nenhuma – precisava de um ouvido alheio para sua pessoal satisfação.

• O JOGO •

O jogo era um clássico carioca: Fla x Flu. Como de praxe, dia de missa, domingo à tarde. Braga convidou um parceiro para ouvir a partida em sua casa. Este, receoso, lembrou Braga que sua patroa, Eleanor, não era fã de futebol e nem de amigos em seu âmbito familiar, principalmente aos fins de semana, que eram, ao menos a princípio, reservados para a vida do casal.

– Deixa de choradeira – retrucava Braga a cada comentário do amigo. – Minha mulher é um doce, não chia.

– Não sei não, Braga, não confio em mulher que não chia. Mulher que não chia... morde – decretou o amigo.

– Você é casado? Não. Então, o que sabe de mulher? Da minha mulher, sei eu – cuspiu Braga.

– Além do mais, mover a mobília da patroa... Olha Braga, você está mexendo com fogo.

Sim, ainda mais tinha essa: em dia de clássico, Braga reformulava toda a mobília da casa. Era um ritual: cada móvel e objeto de decoração tinha uma posição particular, tudo meticulosamente arranjado para favorecer o Fluminense.

— Ah, você é um cagão — meteu Braga — Minha mulher está? Não está. Então!

— E mulher fica longe da própria casa? Uma hora volta.

Era bola lá e cá, enquanto ambos preparavam o cenário para a tão esperada partida.

— Escuta: sei de minha mulher. Quando ela chegar é só eu dizer que amo e não dar muita bola, ela encontra o que fazer — argumentou Braga.

— Posso só dizer uma coisa? Vai dar merda — concluiu o amigo, pressentindo o pior daquela tarde de domingo.

• A PATROA •

A patroa chegou em casa em meados do segundo tempo. O Fluminense perdia de 1 a 0 para o Flamengo e Braga era só nervos. Ele e o amigo apostaram vinte contos na partida, mas Braga mordia os dedos não pelo dinheiro, não, era uma questão de honra — como bom fanático fez discurso, delineou estratégias e expressou detalhadas argumentações do porquê que o Fluminense não perderia tal jogo. Caso o resultado final favorecesse o Flamengo, pronto: o que seria da moral do craque de sala de estar?

Eleanor passou por ambos sem dar atenção — sacola de compras debaixo do braço, foi direto para a cozinha. Numa coisa Braga tinha razão: sua mulher não reclamava o óbvio. Braga e o amigo permaneceram no sofá, atentos ao locutor e sua narração enquanto a dona da casa guardava os mantimentos na geladeira.

— Ó, presta atenção: daqui a pouco ela me chama — sussurrou Braga.

— Quê? — indagou em voz baixa o amigo.

— Daqui há pouco ela me chama — repetiu. — Mulher é assim, territorial, tem que mostrar quem é que manda — continuou. — Já, já ela vai gritar meu nome, só pra boicotar o futebol.

O amigo não falou nada, permaneceu calado, ouvidos atentos ao jogo e à cozinha. Passados não mais que alguns minutos, a voz de Eleanor ecoou pela casa, doce:

— Amooor, você pode vir aqui um minutinho?

— Não falei? — sussurrou Braga mais uma vez. — Mulher é foda.

— Falei que ia dar merda — praguejou o amigo.

— Que merda o quê! Vira essa boca pra lá! Sei de minha mulher, já disse.

— Amorzinho! — chamou novamente Eleanor.

— Vai lá — orientou Braga, para a surpresa do amigo.

— Quê? Ficou louco, Braga?! Ela chamou foi você.

— Você não entende nada de mulher — retrucou o primeiro. — Sei que foi eu quem ela chamou, mas não é nada, lhe asseguro.

— Braga, a mulher é sua — afirmou o segundo, contrariado.

— Por isso! Se eu for lá, ela vai enrolar, encher meus ouvidos com qualquer, só pra eu perder o jogo. Agora, se você for no meu lugar... Ela não vai ter o que dizer. Percebe?

Braga podia não ser bom de futebol, mas tinha malandragem no sangue — típico brasileiro.

— Vai — repetiu, dando um leve tapinha na perna do amigo que, resignado, suspirou:

— Isso não vai dar certo.

• A REVANCHE •

A revanche aconteceu nos acréscimos do jogo. Braga, volume do rádio ao máximo, num transe quase hipnótico, revezava entre torcer e rezar. Era ataque do Fluminense, contra-ataque do Flamengo; time todo na retranca, time todo no ataque. No mesmo ritmo iam o coração e os nervos de Braga que, rádio na mão, urrava a cada jogada de ambos os times. Foi quando o árbitro colocou o apito na boca para soar o fim da partida, empatada em 1 a 1, que o Fluminense, num passe inesperado, marcou o gol da virada.

Braga foi à loucura; rugia a todo pulmão, lágrimas nos olhos, com a vitória do amado time. Só após ter desligado o rádio que se lembrou de que não ouvia o jogo sozinho.

— Mário! Ô, Mário! Eu falei, não falei?! Falei que o Fluzão ganhava essa! Me deve vinte contos! — gritou em direção à cozinha.

Silêncio.

Ainda movido pelo entusiasmo da vitória, Braga não esperou a resposta: cruzou a porta que separava os cômodos para achincalhar o amigo, torcedor do time adversário. Ao fazê-lo, de pronto entendeu o porquê da ausência de réplica: a esposa e o amigo jogavam sua própria partida — Mário colocava com vigor a bola para dentro da rede de Eleanor.

• O RESULTADO •

O resultado foi mais que imprevisto. Braga, com toda sua experiência de técnico de sala de estar, não imaginara "o lance" entre a esposa e o amigo. Rouco, berrou surpreso:

— Que sacanagem é essa?!

Mário e Eleanor se desenlaçaram de imediato, tentando recolher as roupas e a moral do chão o tanto quanto podiam.

— E em dia de jogo?! Dia de jogo, Eleanor?! — continuou, indignado.

— Sempre tem um jogo! — replicou Eleanor, ressentida, enquanto se vestia.

Braga ignorou a mulher, partiu para cima do amigo:

— E você, Mário? Não basta torcer pro Flamengo, tem que jogar contra também? É foda! O brasileiro, quando não é canalha na entrada, é canalha na saída — emendou.

— Foi você que mandou eu vir no seu lugar, deu tapinha na perna e tudo! — tentou salvar Mário.

Mas era tarde, Braga saíra da cozinha em direção à sala. Eleanor, agora de calcinha e sutiã, e Mário, de cueca samba-canção, correram atrás. Ao entrarem na sala, deram de cara com o cano do revólver 38 que Braga mantinha num dos armários para combater possíveis invasores noturnos.

— Faz seu último pedido — comandou Braga, arma em riste.

Mário tentou apelar: de joelhos no chão, mãos em forma de oração rente ao peito e lágrimas nos olhos, pediu o perdão do amigo. Braga foi resoluto:

— Em dia de jogo do tricolor, os únicos pecados permitidos são os que acontecem dentro do campo.

— Então... Na cara não. Na cara não que minha mãe iria querer caixão aberto — implorou.

— Justo — comentou Braga, e puxou o gatilho.

Um único tiro, na cara.

O corpo sem vida de Mário foi ao chão, para o espanto de Eleanor. Passados não mais que um ou dois segundos de choque, esta soltou um som gutural de semelhança jamais ouvida pelo marido e avançou, unhas e dentes, num ataque passional. Braga não hesitou: atirou na cara da esposa. A violência do disparo foi tamanha que o corpo de Eleanor girou e ela caiu de bruços, exatamente em cima do corpo de Mário.

Braga, revólver na mão, o cheiro de pólvora e a fumaça do disparo ainda se esvaindo pelo ar, sentou, pasmo, no sofá da sala. Encarando os corpos seminus da esposa e do amigo no chão, um em cima do outro, como que abraçados, levou a mão à cabeça e deixou escapar:

— Que merda.

O IDIOTA

• MEDEIROS •

Medeiros era um desses tipos intelectuais sem formação, um desses que dispara verdades engarrafadas vendidas em jornais impressos e de televisão. Todos os dias tinha o seu ritual: acordava religiosamente às sete e meia da manhã, colocava seu roupão e abria a porta de casa. Esperava ansiosamente o jovem rapaz incumbido da entrega do jornal. Mal colocava as mãos neste, lia as manchetes em negrito e começava:

— Paízinho de merda, este. De merda! Brasileiro é tudo trouxa mesmo. Se fosse em outro país...

Síndrome de cão vira-lata; tudo de fora era melhor. A não ser que fosse de países sócio-democratas europeus ou de vizinhos da América do Sul. Aí, não, já metia logo um "Estes comunistas estão acabando com o mundo!". Da porta de casa ia para o sofá da sala e ali, regado a café, continuava a sua regurgitação sociopolítico-econômica.

Idiotas. Eram todos idiotas segundo Medeiros. Apenas ele escapava ao próprio julgamento. Ficava impressionado como os professores, de ensino médio ou faculdade, eram completamente incapazes de prover a educação necessária aos jovens. Economistas só afundavam ainda mais o país na merda. Políticos eram todos corruptos ou incompetentes, senão os dois. A polícia não mantinha a segurança pública e os assistentes sociais só faziam perpetuar a eterna cultura do assistencialismo. Médicos não sabiam de nada, empresários não fomentavam suficientemente o mercado e os trabalhadores eram um bando de ingratos que só queriam reclamar. Artistas existiam para mamar nas tetas do governo, os servidores públicos eram preguiçosos e a população em geral... burra. Isso, só para citar alguns exemplos.

Enfim, idiotas.

• ADÁLIA •

Adália era a esposa de Medeiros. Sim, o homem, mesmo com toda a reclamação, tinha uma esposa. Era uma linda mulher, de uma beleza romântica, tal qual uma personagem de um desses filmes antigos como *E o vento levou...* ou *A noviça rebelde*. Sempre de vestido e um sorriso no rosto, seu ritual era bem diferente: acordava religiosamente às seis da manhã e abria as janelas, deixava o mundo entrar em sua casa. Depois, ia regar as plantas e as flores do quintal e sempre colhia algumas para a decoração. As colocava num jarro na mesinha de centro da sala e só então, com todo amor, seguia para cozinha para fazer o café do marido. Trazia para ele não apenas uma xícara de café, mas uma ou duas bolachas ou um pedaço de bolo. Tudo, para agradar o homem de sua vida, como sua mãe lhe ensinara.

• O CASAMENTO •

O casamento de Medeiros e Adália era de uma monotonia regimentar — novidades mesmo, só as do jornal. Medeiros vivia de uma pensão que o seu falecido pai, militar, lhe deixara. Sem a necessidade de trabalhar, passava a maior parte do tempo se inteirando das notícias, completamente alheio a outras possibilidades do mundo ou ao dedicado afeto da mulher. Esta, jovem, ainda cheia de vida e expectativas, tentava o carinho do marido a cada oportunidade.

— Medeiros, você sabe que dia é hoje? — perguntou Adália, lhe trazendo o café com bolachas.

— Os deputados vão aumentar o próprio salário de novo — retrucou Medeiros, já acomodado no sofá.

— Hoje fazemos um ano de casados — lembrou a esposa.

— O que vem depois? Os vereadores? Prefeitos? Juízes? — questionou Medeiros, absorto em seu próprio mundo.

— Sabe o que podíamos fazer? Dar um passeio! Que tal? — insistiu a mulher.

— Pomba, assim não dá! — explodiu Medeiros, batendo a mão contra o jornal. — E este jornal é de ontem, Adália, de ontem! Imagina o de hoje! — emendou.

— Medeiros, estou falando com você — retrucou Adália, sempre carinhosa.

— Claro, claro, te escuto, meu amor, te escuto — replicou Medeiros, alcançando o café, olhos ainda fixos nas notícias do dia anterior.

Foi então que, num ímpeto de espontaneidade, Adália soltou as alças do vestido e o deixou cair ao chão. Ficou ali, só de calcinha e sutiã na frente do marido. Este, cara enfiada no jornal, não notou.

— Medeiros... — chamou Adália.

— Sim? — respondeu sem olhar.

— Medeiros, olha pra mim — pediu.

Medeiros olhou e, confuso, indagou:

— Adália, o que é isso? O que está fazendo?

— Podíamos fazer amor aqui na sala, no sofá que tanto gosta — respondeu a esposa, já se aproximando.

— Adália, põe a roupa! A janela está aberta, os vizinhos podem ver! — opôs Medeiros, em tom de desespero.

— Que vejam, que vejam! — disse Adália entusiasmada, sentando-se em seu colo. — Quero que saibam do amor que tenho pelo meu marido.

Mas assim que o envolveu e tentou beijá-lo, ele a empurrou para o lado. Correu até a janela e, após se certificar de que ninguém os tinha visto, a fechou, para então urrar quase ensandecido:

— Adália, mas que diabos há com você hoje?!

Pela primeira vez, desde o dia de seu casamento, o sorriso deixou o rosto de Adália. Medeiros, consciente, tentou remediar:

— Adália, não é você, são as notícias, sabe? Brocham qualquer um. Sabe de quem é a culpa? Dessa mídia corrupta. Sim! É um complô, Adália, um complô! Estão todos envolvidos, escuta o que estou dizendo! Estão deliberadamente tentando acabar com o país! Agentes do caos, é isso o que são! Por exemplo: cadê o jornal de hoje? Me diz. O rapaz não veio entregar. Não querem que a gente saiba de nada, Adália, querem que a gente fique no escuro. Já não basta manipularem as notícias, agora querem também restringir os meios de comunicação?!

Adália, flagrantemente rechaçada em seu delito de amor, não sabia o que dizer. Permaneceu calada, em um misto de vergonha e humilhação.

— Sabe o quê? Vou na banca eu mesmo comprar o jornal! — meteu Medeiros, já cruzando a porta de casa.

Adália, cabeça baixa, continuou no sofá, segurando as lágrimas que tentavam emergir de seus olhos.

• A ENTREGA •

A entrega aconteceu não mais que alguns minutos depois de Medeiros deixar a casa. Adália, ainda de calcinha e sutiã, respondeu à campainha, acreditando ser o marido que retornava por ter esquecido a carteira ou a chave. Ao abrir a porta, deu de cara com o jovem rapaz responsável por fazer a entrega diária do jornal. Este, jornal na mão, paralisou ao ver Adália, num misto de espanto e admiração.

— Sim? — ela perguntou, sem se preocupar com a ausência do vestido.

— O jornal — balbuciou o rapaz, boquiaberto.

Adália delicadamente pegou o jornal de sua mão, mas ele, não moveu um passo.

— Desculpa pela demora, eu perdi a hora hoje. Não vai acontecer de novo — justificou, olhos baixos, fixos nos seios de Adália.

A mulher, sem anúncio, o puxou pela camisa e lhe deu um beijo. De língua.

Ao soltá-lo, revelou:

— Três vezes. Apenas três vezes em um ano ele foi marido comigo.

O rapaz não sabia o que dizer — permaneceu calado, em um misto de confusão e entusiasmo.

— Qual é o seu nome? — perguntou Adália.

— Plínio — respondeu.

— De hoje em diante vai nos entregar o jornal às seis da manhã. Sim?

— Sim — repetiu Plínio, prontamente.

— Agora vai. E não conta nada pra ninguém.

— Não — repetiu mais uma vez, como um papagaio.

— Ah, e Plínio: só para mim. De hoje em diante, só para mim entrega o jornal — concluiu Adália, sorriso de volta ao rosto, pouco antes de fechar a porta de casa.

AMADO

• AMADO •

Amado era, como dizem os jovens, um careta. Trabalhava a semana inteira, incluindo sábados até meio-dia, e só os domingos tirava para descansar. Não tinha hobbies, não jogava futebol ou qualquer outro esporte, não viajava, saía para passear ou ia ao cinema, sequer sentava em mesa de bar para papear com amigos de escritório. Realmente um "quadrado".

Sua condição, no entanto, tinha causa: desde cedo teve que ser o homem da casa. Seu pai, um senhor de notório humor... amargo, um dia saiu para comprar cigarros e o deixou encarregado de todas as responsabilidades. A última coisa que ouviu do velho ao sair foi:

— Quatro... é demais.

Nunca mais voltou. A partida do pai forçou sua mãe a cuidar das três filhas e do jovem Amado sozinha — um verdadeiro caos. Sem a presença da autoridade masculina, coube às mulheres disciplinar o menino. Amado se indignava com as correções físicas que sofria das irmãs, e às vezes da mãe, mas toda vez que pensava em revidar, elas repetiam:

— Você é homem. E homem não bate em mulher. Nunca.

• O CASAMENTO •

O casamento entre Amado e Adelaide se deu como de praxe: ele, jurando ser fiel na saúde e na doença, na riqueza e na pobreza, na alegria e na tristeza, até que a morte os separe; ela, vestida de branco, representando sua entrega e fidelidade a um só homem por toda a vida. Após a lua de mel, mudaram-se para uma pequena casa no subúrbio carioca, escolhida a dedo por Amado para que ele pudesse gozar de paz e sossego, algo que ele jamais teve durante a infância.

Tudo ia segundo os conformes: Amado mantinha seus hábitos de trabalho e reclusão e, aos domingos, comprava o jornal e passava o dia recostado no sofá, se inteirando das notícias e apreciando a tão almejada tranquilidade. A não ser... por um "porém".

• A TARA •

A tara de Adelaide não demorou a vir à tona. Mal se mudaram para o próprio domicílio e se assentaram no relacionamento, ela começou:

— Amado, me bate? — pedia, para a surpresa do marido.

Ele, protestava:

— Adelaide, ficou louca? Sou homem, e homem não bate em mulher. Nunca.

Mas sem sucesso. Ela insistia, pressionava, argumentava:

— Mas é só um tapinha, Amado, que mal tem?

Amado, para a fúria de Adelaide, rejeitava:

— Tem que homem não bate em mulher. Ponto.

— Ai, Amado, deixa de ser quadrado!

A caretice de Amado era tamanha que Adelaide regularmente explodia:

— Amado, se não bater, eu bato!

E lhe batia. Na cara.

— Adelaide, o que é isso?! — esbravejava Amado.

Mas ela não dava bola, continuava.

— É só um tapinha, Amado. Viu? Não dói!

Amado recebia os tapas, mas não revidava — lembrava Adelaide que homem que é homem não bate em mulher.

Adelaide, por sua vez, esbofeteava o marido até ele a agarrar pelos braços e a chacoalhar.

— Isso, Amado, perde a paciência comigo! Agora, bate! Bate que eu gosto! — gritava a todo pulmão sem se importar com quem ouvisse.

Mas Amado, adamantino, a lembrava:

— Adelaide! Os vizinhos, Adelaide!

E a mandava ir fazer compras ou qualquer outra coisa que a tirasse da casa.

• A IRMÃ •

A irmã de Adelaide se chamava Dorinha. Era como a primeira, de pequena estatura e de muita energia. De tempos em tempos visitava o casal para se inteirar da vida da irmã e da condição do matrimônio. Amado não dava bola, aproveitava a oportunidade para se recostar no sofá e relaxar.

Certo dia, em uma das vezes que Amado "perdeu" a paciência com Adelaide e a mandou sair de casa, Dorinha apareceu perguntando pela irmã.

— Não sei, foi fazer compras — respondeu Amado, sem dar muita atenção.

— Demora? — insistiu Dorinha.

— Diabos, Dorinha, como vou saber? Coisa de uma hora, duas, não sei. O que um homem precisa fazer para ter um pouco de sossego em seu próprio lar? — continuou, apontando a saída.

Mas Dorinha não deixou o domicílio. Ao contrário: correu em direção a Amado e pulou em seu colo.

— Dorinha, meu Deus! O que é isso?! — surpreendeu-se.

— Ai, Amado! Eu sei que é de súbito, mas eu sempre te quis! Sempre! — argumentou Dorinha.

Amado, esbravejou:

— Dorinha, sou marido de sua irmã!

Mas Dorinha não recuou:

— Um beijinho só, Amado, é tudo que peço! — disse, já tentando beijá-lo.

Amado, enfático, a pôs no chão e ordenou que se retirasse. Dorinha, caiu a seus pés, suplicante:

— Poxa, Amado, sei que é minha irmã que te tem, sei que ela que é feliz, mas eu também mereço! Eu também mereço, Amado!

— Que merece o quê, Dorinha! Ninguém merece nada, ainda mais comigo! — respondeu Amado, perdendo a paciência.

Vencida, Dorinha fez um último pedido:

— Amado... se não posso ter um beijo, então... me bate?

Os olhos de Amado se arregalaram, incrédulo do que ouvia.

— Ficou louca, Dorinha?! Homem não bate em mulher! E eu sou homem, Dorinha! Sou homem! — gritou irritado, a levantando do chão.

— Mas é um tapinha só, Amado. Pra diminuir a minha culpa — insistiu.

Amado, desgostoso da situação, agarrou a cunhada pelo braço e a levou até a porta. Mas no caminho, aproveitando-se da distração de Amado, Dorinha acertou-lhe a cara.

— Que isso, Dorinha?! — gritou Amado.

— Não dói, Amado, não dói! — repetia Dorinha enquanto lhe batia a cara.

— Dorinha! Para com isso, Dorinha! Diabos! — vociferava Amado, enquanto a chacoalhava vigorosamente.

— Isso, Amado, agora me bate! Me bate que eu gosto! — gritava Dorinha, mais que excitada.

Mas Amado não obedeceu. Apenas a atirou para fora de casa e bateu a porta em sua cara. A última coisa que ouviu ao se dirigir de volta para o sofá foi:

— Era só um tapinha, Amado!

• O AMIGO •

O amigo chegou logo após a confusão. Amado, acreditando ser a irmã que retornava:

— Vai procurar sua irmã, Dorinha! — gritou sem abrir a porta.

— Amado?! — questionou o amigo do lado de fora, espantado.

Amado reconheceu a voz e, após deixá-lo entrar, explicou toda a situação. O amigo, boquiaberto, demonstrou surpresa com a tara das duas irmãs, que não tinham cara alguma de gostar de sacanagem.

— Deve ser coisa de família. Algum desvio — justificou Amado.

Seu amigo, frequentador de bares e da zona, o confortou:

— Não esquenta, isso é bem comum.

— Jura? — questionou Amado, do alto de sua ingenuidade.

— Muita gente tem essa tara, gostar de apanhar — completou o amigo.

Após um breve silêncio, Amado sussurrou:

— Posso te confidenciar algo?

— Claro — respondeu de imediato o amigo, no mesmo tom.

— Todos os dias Adelaide me pede pra bater nela.

— Uhum.

— Mas eu nunca bato — pontuou, enfático. — Daí ela perde a paciência comigo e... me bate. Me bate a cara.

Pareciam olhos de társio, os do amigo, ao ouvir a declaração.

— Você gosta de apanhar?! — perguntou em voz alta.

Amado tapou-lhe a boca:

— Fala baixo, Gaspar! Os vizinhos!

Após a inicial surpresa, o amigo relaxou.

— Gosto — continuou Amado, retirando a mão.

Ficaram em silêncio por alguns minutos: Amado, um tanto quanto apreensivo com as consequências de sua confissão; o amigo, digerindo o peso da mesma. De súbito, Amado quebrou o silêncio:

— Gaspar... posso te pedir algo?

— Nem precisa — respondeu, estalando um tapa na cara de Amado.

— Que diabos é isso, Gaspar?! — vociferou Amado, se levantando do sofá.

— Você falou que gostava! Falou que gostava de apanhar! — justificou o amigo, desesperado, também se pondo de pé.

— Da minha mulher, Gaspar! Eu gosto de apanhar da minha mulher! — repetia Amado, enquanto chacoalhava o amigo pela gola da camisa.

• SOSSEGO •

O sossego lhe parecia impossível. Após conduzir o amigo a pontapés para fora de casa, Amado decidiu se trancar no banheiro — o último refúgio do homem em seu lar. Ali, de calças baixas, sentado em seu trono, Amado tentava gozar do silêncio e da provisória tranquilidade. No entanto, os recentes eventos lhe enchiam a cabeça. “Inferno”, pensava. Numa última tentativa de alcançar a paz, Amado decidiu esvaziar-se: batia na própria cara enquanto se satisfazia em um prazer solitário.

VINGANÇA

• ORLANDO •

Orlando era um desses homens que fazem parte da média brasileira; um desses futuros "bom pai de família". Possuía uma certa rigidez de pensamento, mas de maneira alguma seria classificado como um homem bruto – estudou em colégios de classe média alta, passou em concurso público e, apesar de se inflamar vez ou outra em partidas de futebol, se comportava de maneira moderada na maior parte do tempo.

Seu trabalho de escriturário jamais proveu grandes emoções ou desafios – o famoso "de nove às cinco": bate-se o cartão, pendura-se o paletó e o resto é com os ponteiros do relógio. Ao fim do expediente, na grande maioria das vezes, o retorno para o lar, onde lidava com pequenas questões domésticas e dava atenção à esposa, Cecília.

• CECÍLIA •

Cecília era uma mulher bonita. Nada que fosse absolutamente unânime — bem apessoada, cintura fina, seios justos, algumas curvas e um belo par de olhos azuis. Sua vida era dedicada exclusivamente a Orlando, seu amor desde a infância. Este, fez tudo de acordo com os sonhos de Cecília: a cortejou à distância, pediu sua mão para o pai e se casaram perante Deus na igreja, sem consumar o casamento previamente.

Ficava em casa a maior parte do tempo, cuidando dos afazeres do lar e esperando pelo marido. A não ser por algumas horas, todas as tardes, quando ia à feira comprar verduras e legumes frescos para o jantar.

• A CONDIÇÃO •

A condição de Cecília a acompanhava desde menina — uma dificuldade em falar com homens. Era acometida de uma timidez súbita, incontrolável, biológica até. Sua garganta fechava, seus lábios cerravam, de maneira que lhe era simplesmente impossível emitir o som. Assim, desde pequenininha. Apenas com Orlando. Apenas com Orlando conseguia falar. Nada que a entristecesse; ao contrário, Cecília era uma mulher satisfeita e sabia lidar muito bem com suas limitações.

Para Orlando a timidez da esposa era uma vantagem, pois ele também sofria de uma condição: uma desconfiança desmesurada da própria mulher. Bastava ouvir que Cecília tinha sido vista na rua e uma sensação urgente, fulminante, tomava conta de seu corpo e velava seu intelecto. Uma raiva irracional irrompia dentro de si. "Piranha", pensava.

Acontece que conhecidos de Orlando sempre o alertavam sobre o paradeiro da mulher:

— Sua esposa foi vista na feira novamente.

— Foi comprar verduras! Não pode? — defendia, áspero.

Mas, em casa, a história era outra:

— Onde esteve hoje? — perguntava assim que cruzava a porta.

— Em lugar algum, fiquei em casa. — Cecília respondia.

Era então que Orlando lhe virava a mão na cara.

— O Pasqual! O Pasqual te viu!

Desnudada pelo amigo da vez, Cecília remediava:

— Meu amor, eu só fui comprar verduras para o jantar. — E lhe tirava o paletó.

Orlando a agarrava pelo cabelo e disparava à queima-roupa:

— Não me chama de "meu amor". Não sou teu amor, sou teu homem!

O homem odiava apelidos carinhosos. Acreditava que eram como um carimbo, a marca de um corno.

— Você é meu homem — corrigia Cecília de imediato, peito arfante, num misto de medo e excitação.

Então Orlando a beijava, aferindo sua dominância, para só depois a deixar ir. Passados poucos minutos, Cecília retornava à sala com uma xícara de café, hábito diário do marido e, enquanto ele consumia a negra bebida, ia preparar o jantar.

— Aonde vai? — interpelava, ainda insatisfeito. — Não sentiu a minha falta?

Era o ciúme que falava, a urgente sensação de que Cecília lhe era infiel.

— Vou fazer o jantar, meu amor — respondia como de costume.

— Já falei que não gosto de você andando por aí. Nesta cidade só tem urubu — ele continuava.

Cecília o lembrava de sua condição:

— Meu amor, você sabe que eu mal consigo falar com homens. Até pra fazer a feira é um suplício.

Mas Orlando não se convencia: a pegava pelos braços e a atirava no chão. Cecília, ancas à mostra, não chiava. Orlando se agachava atrás dela, levantava sua saia e, com os dedos, a penetrava. O ritual era o mesmo, todos os dias.

— Diz: "você é meu homem" — exigia.

Cecília repetia:

— Você é meu homem.

— Diz que não mente pra mim — continuava.

— Não minto — ela respondia.

— Diz que só diz a verdade — ele insistia.

— Eu só digo a verdade.

— Agora diz que me trai — demandava Orlando.

— Eu te traio — murmurava Cecília.

— Todos os dias — completava o marido.

— Todos os dias — repetia sua mulher.

Orlando trincava os dentes e massageava o espaço entre as coxas de Cecília vigorosamente. Continuava, como num transe hipnótico:

— Na feira, com qualquer um.

— Na feira, com qualquer um — sussurrava Cecília.

— Agora que me disse a verdade... goza! — ordenava à mulher.

E Cecília explodia, convulsionava, cada fibra de seu corpo vibrando descontroladamente antes de sua figura colapsar por completo no chão. Orlando, ainda não satisfeito, cheirava os dedos, como que para verificar que a esposa realmente teve um orgasmo.

• A VERDADE •

A verdade é que Cecília, de fato, traía o marido, todos os dias, quando ia à feira. Ela escolhia o pretendente da vez com o olhar e este a seguia até um discreto motel das redondezas, onde cometiam o delito do adultério sem dizer uma só palavra. Não que isso fizesse parte dos sonhos de infância de Cecília. Acontece que Orlando, na verdade, era impotente. Percebe? O dedo é um membro que está sempre rijo. Nas mãos, a flacidez é uma condição praticamente impossível. Após o embaraço da lua de mel, Orlando nunca mais tentou penetrar a esposa com o falo; apenas com os dedos o fazia, sempre exigindo que Cecília confessasse que estava se deitando com outros homens.

• O CRIME •

O crime aconteceu numa quarta-feira à tarde. A princípio, um dia sem qualquer "quê" de especial. Orlando chegou em casa mais cedo e, após questionar a mulher sobre seu paradeiro, prosseguiu com seu rotineiro teatro de macho. Cecília, como de costume, confessou ter ido à feira, reafirmou a masculinidade do marido e lhe tirou o paletó. Logo depois retornava com sua xícara de café, para então ser penetrada por seus dedos viris.

Passados alguns minutos, Cecília ainda convulsionando no chão de olhos fechados, foi a vez de Orlando cair de quatro. Foram os pedaços da xícara e o café espalhados pelo piso que o fizeram perceber que algo estava errado. Suas mãos não tinham mais força, suas pernas cambaleavam e ele agora se escorava como podia para evitar o colapso de seu corpo. Lutando para manter o que restava da consciência, Orlando procurava entender o que se passava. Ouvia o som dos saltos de Cecília contra o assoalho, mas sua visão estava turva e mal podia enxergar. Tentou rastejar em qualquer direção, mas o esforço era inútil; a vida já o deixava. A última coisa que sentiu foram os dedos da mulher em seu queixo, enquanto ela lhe mostrava um pequenino pedaço de papel amassado — um bilhete, com instruções de hora e local para um encontro e uma singela jura de amor dedicada a Orlando.

Sim, Cecília se deitava com estranhos, todos os dias, quando ia à feira; mas o fazia por Orlando, por amor ao marido. Para que ele, no auge de sua honra ofendida, pudesse expressar um sentimento que valha — seu ciúme. Era a única maneira que Orlando conseguia ser viril com a esposa, mesmo que trincasse os dentes e a penetrasse apenas com os dedos. O bilhete da amante foi mais que Cecília podia suportar. Para outros, ela cometia o delito do adultério, mas para ela, não. Sua consciência era cristalina — nunca traíra o marido, não realmente; jamais disse uma só palavra com outro homem. Apenas com Orlando, seu amor desde a infância, Cecília emitiu o som.

BATOM VERMELHO

• LEILA •

Leila era uma belíssima mulher negra. Seus lábios carnudos não tinham comparação: eram um exemplar único. Sem adornos já chamava atenção, mas Leila... Ah, Leila gostava de batom vermelho.

Na vizinhança não havia um que não caísse aos seus pés — literalmente. Tanto que Leila era conhecida por causar acidentes. Era só caminhar pela rua em seu vestido curto e batom cor "vermelho absoluto" e, em questão de minutos, ouvia-se o som inconfundível de uma batida de carro.

As mulheres do bairro, claro, morriam de inveja. Mas não havia competição; Leila era completamente alheia a tais pequenezas. Senhora de sua beleza, percorria seu caminho sem sequer notar os olhares de soslaio de suas algozes.

• OSWALDO •

Oswaldo, mais conhecido como Oswaldinho, era o completo oposto de Leila — um tipo não muito bem apessoado, franzino e tímido. Sua aparência era tal que as más línguas julgavam que seu corpo partiria ao meio, como um graveto, caso Leila lhe desse uma boa chave de pernas. Homens e mulheres por toda parte ficavam pasmos ao ver o casal e quebravam a cabeça tentando descobrir o que Oswaldinho tinha para ter sido escolhido por Leila.

"Deve ser de família importante, de renome!", era o primeiro palpite. Entretanto, o nome completo de Oswaldinho era Oswaldo da Silva Pinto, sobrenomes compartilhados por outros tantos milhares de brasileiros.

"É rico", era a próxima sugestão. "Milionário!", corrigiam os ouvintes ao redor. Mal sabiam que Oswaldinho, na verdade, tinha bolsos furados e frequentemente precisava juntar moedas para pagar os débitos que tinha espalhados pela cidade.

Mas o falatório não parava por aí: "É coisa de membro. Tem aquilo grande.", julgavam. Suspeita que nunca pôde ser confirmada: Leila era a primeira e única de Oswaldinho e já tinham planos de se casar. Oswaldinho sempre comentava que Leila seria a mais bela noiva em um vestido branco, com sua pele escura e batom vermelho.

A seu favor, pelo menos para alguns, apenas seu jeito meigo e educado de se portar — Oswaldinho era um doce, conhecido por todos na vizinhança por ter um coração de ouro.

• AS VIZINHAS •

Leila tinha três vizinhas de porta, todas elas muito bem casadas. Tal fato, porém, não as impedia de sentir o mais profundo rancor em relação à Leila. Ao contrário, exacerbava o sentimento: era como se Leila tivesse roubado o marido de cada uma.

Ficavam sempre à espreita, janelas abertas e ouvidos atentos, e bastava Leila pôr o pé fora de casa para começarem a resenha:

— É uma pouca vergonha.

— Se o vestido fosse mais curto virava top.

— Batom vermelho pra quê? Quer é chamar a atenção.

Esses eram apenas alguns dos comentários que escapavam por entre seus dentes afiados.

Seus maridos, todavia, tinham opiniões bem diferentes:

— Se o Tom e o Vinícius tivessem conhecido a Leila, ah... teriam escrito "A Mulher do Méier".

— Deus descansou no sétimo dia foi pra fazer a Leila no oitavo.

— Essa beleza ainda vai acabar com a família brasileira!

Observações que eles, claro, só expressavam a uma distância segura das respectivas esposas.

• O DIA A DIA •

O dia a dia de Leila, ao contrário do que pensavam as mulheres do bairro, era uma batalha — sim, elogios podem até fazer bem ao ego e Leila, se quisesse, poderia requisitar favores em qualquer canto da cidade. Porém, benefícios e deduções geralmente são detalhados na mesma folha de pagamento. Leila mal podia dar um passo sequer que uma figura masculina cruzava seu caminho:

— A moça está sozinha?

— Precisa de uma carona?

— Se me permite, vou te acompanhar. É para sua segurança, claro.

Nem mesmo a presença de Oswaldinho aliviava o assédio:

— Desculpa perguntar, mas este que é seu namorado?

— Noivo — corrigia Leila.

Os mais ávidos admiradores eram os três maridos das vizinhas de porta que, assim como estas, também ficavam sempre atentos aos movimentos de Leila — aproveitavam cada momento de ausência ou distração de suas esposas para oferecer seus préstimos:

— Senhorita Leila, me permita! Uma donzela como você não pode carregar peso!

— Apenas uma sacola, não tem peso algum.

— Faço questão!

— Meu camarada! Que bom que tirou o peso das mãos da dama! Senhorita Leila, escrevi uma música tendo você como inspiração. Agora que está com as mãos livres, poderia me conceder a graça? Ver se faz jus à sua beleza?

— Claro, mas não precisava, tenho certeza de que há muitas musas...

— Rapazes, rapazes, estão incomodando a senhorita Leila novamente? Parecem abutres voando em círculo!

— Senhores, por favor, não há por que brigar.

— Claro que não! Se fosse uma competição baseada em porte físico, já saberíamos quem iria ganhar!

— Falou como um verdadeiro homem em que a elegância e a etiqueta estão ausentes!

— Certamente a senhorita Leila não está interessada em massa muscular ou rigidez de comportamento.

— Senhores, por favor.

Era como se houvessem jogado três galos em uma rinha.

• O CONFRONTO •

A proximidade fazia a disputa entre os três maridos uma constante, cada um buscando exceder o outro numa espécie de corrida armamentista de oferendas e estratégias de sedução. No entanto, nem os vizinhos, nem qualquer outro homem jamais alcançou algum resultado — Leila só tinha olhos para Oswaldinho. O fato era um entalhe no ego de tais figuras, que já estavam a enlouquecer com o quebra-cabeça. Certo dia, decidiram que três contra um seria uma jogada mais favorável e se juntaram para, primeiro, subtrair Oswaldinho da equação.

— Senhorita Leila, se nos permite uma palavra.

— Estávamos aqui pensando...

— Cogitando, apenas!

— É algo extraordinário o que tem...

— A relação com Oswaldinho.

— Mas cá entre nós...

— Nos preocupa.

— Uma senhorita como você...

— De excepcional beleza...

— Precisa de cuidados.

— De proteção.

— De maneira tal que...

— Poderia fazer uso de...

— Um homem de verdade!

"Um homem de verdade." Há muito que Leila ouvia cantadas, comentários e sugestões de homens e mulheres ao seu redor, mas era a primeira vez que algo a incomodava realmente.

Leila permaneceu calada, impávido colosso, apenas encarando os três. Os segundos pareciam se transformar em horas — um silêncio ululante! Os vizinhos, percebendo nas feições de Leila seu desgosto, tentaram tragicamente emendar.

— O que queremos dizer...

— É que a senhorita é... uma mulher de verdade, portanto...

— Deveria estar com alguém à altura.

A gota. De súbito, Leila agarrou as bordas de seu vestido curto e o puxou por sobre o corpo. Ficou ali, no meio da rua, apenas de calcinha e sutiã. Os três homens e outros transeuntes conferiram, boquiabertos, a intimidade de Leila e puderam, com seus próprios olhos, verificar que Leila era não apenas uma mulher de verdade, mas também tinha algo de um belo exemplar masculino. A reação de choque na cara dos maridos deixava claro o que Oswaldinho tinha de tão especial: seu amor incondicional por Leila.

SAPO

• SAPO •

Sapo é a designação genérica para uma série de anfíbios da ordem Anura que são predominantemente terrestres, têm pele rugosa e glândulas parotoides. Mas é também a designação genérica de alguém... feio.

Bartolomeu, apelidado carinhosamente pelos amigos de Bartô, também era conhecido como "Sapo". Desnecessário dizer que a Bartô faltavam os encantos de uma pele bonita, de traços harmônicos e de um corpo em forma. Sim, Bartô era feio. Feio e cegueta: usava um óculos fundo de garrafa, o que complicava ainda mais a sua situação.

• OS AMIGOS •

Bartô tinha dois amigos mais próximos: Oscar e Adair. Duas notórias figuras conhecidas por seu amor ao futebol e por sua malandragem, principalmente no que se referia a mulheres. Quando não estavam jogando bola, estavam maquinando encontros com alguma menina do bairro. Seus pais justificavam:

— É coisa de jovem!

Todavia, os pais das moças em questão acreditavam ser... coisa de criação mesmo.

A insistência da dupla e suas artimanhas eram tais que, para defender a honra e a virtude das filhas, os pais tiveram que recorrer a um esquema próprio: sair de casa, só em grupo — no mínimo três! E sempre com a presença de Jandira.

• JANDIRA •

Jandira era como Bartô — carente das tais características físicas diretamente relacionadas com o padrão ideal de beleza. Mas a natureza tem o seu balanço: o que lhe faltava em aparência, ela compensava em atitude. Jandira tinha... “presença”. Física e de personalidade! Jamais se deixava dobrar, o que muito agradava aos pais de suas amigas.

Devido a alguns de seus atributos, dentre eles o seu tamanho, os pais se sentiam confortáveis em deixar suas filhas sob sua guarda. Tinham confiança de que Jandira podia enquadrar qualquer um, até dois; dentre eles, Oscar e Adair.

• O ESQUEMA •

Há muito que Oscar e Adair não conseguiam "marcar um gol" no campo amoroso. Até tentaram engabelar Jandira, mas esta não apenas era mais sagaz que ambos, como também tinha mais ambição, de modo que o resultado das aproximações da dupla era sempre zero a zero. Coube ao armador e ao centroavante desenvolverem uma outra estratégia: investir em um terceiro jogador. O problema era que não havia no bairro, nem mesmo na cidade, alguém remotamente interessado em "bater uma bola" com Jandira.

— Não! — disparou Bartolomeu, assim que Oscar e Adair se aproximaram.

— Pô Bartô, você nem sabe o que é! — retrucou Adair, de imediato.

— Nem quero saber! Não deve ser coisa boa! — emendou o Sapo, já se afastando da dupla.

— Espera, Bartô! É bom pra você!

— Bom pra mim é dinheiro no bolso!

— Ah, vai dizer que não gosta de mulher?

— Gosto. São elas que não gostam de mim.

— Pois então: achamos uma pequena.

— Uma *grande*, interessada em ti.

Bartô estacou. Não era todo dia que ouvia a notícia de que uma moça queria algo com ele.

— Ana Beatriz, já ouviu falar?

— Ana Beatriz?! — indagou incrédulo.

Ana Beatriz era simplesmente a menina mais bonita do bairro.

— Pois então, os pais dela vão viajar — Adair revelou.

— O fim de semana inteiro! — destacou Oscar.

Que oportunidade.

— E ela quer algo comigo? — Bartô mal podia acreditar.

— Claro que não! — cortou Adair sem piscar os olhos.

— A Maria Lúcia vai estar com ela. Já está tudo combinado.

Maria Lúcia era a melhor amiga de Ana Beatriz. Não era tão bonita quanto a primeira, mas, ainda assim... uma pérola.

— E mais uma terceira. Esta é pra você! — emendou Oscar.

— E por que eu fico com a terceira? — questionou Bartolomeu.

— Ora, Bartô, eu sou bonito, tenho que jogar na frente! — respondeu Adair, malandro.

— Eu tô fazendo o meio de campo, armando a jogada! — completou Oscar.

— E eu? — perguntou o Sapo, franzindo o cenho.

— Retranca! — soltou Adair, dando-lhe um leve tapa no peito com as costas da mão.

— Retranca?

Bartô não gostou nem um pouco do esquema tático.

Oscar argumentou:

— Pô, Bartô, nem todo mundo pode jogar no ataque! Alguém tem que defender o time!

— Pode não ter glória, mas é posição importante! — completou Adair.

— Então, topa?

Bartolomeu considerou. Sabia que, com Oscar e Adair, sempre tinha um "quê".

— Qual é a pegada? — questionou.

— Nenhuma — mandou Adair, *de prima*.

— Sei.

Bartolomeu podia não ser bonito, mas de bobo não tinha nada.

— Ela não gosta de óculos, só isso. Tem que tirar — justificou Oscar.

— Mas sem óculos eu não enxergo!

— E precisa enxergar, Bartô?! Pô! Beijo se dá de olhos fechados! — disparou Adair.

Bartolomeu tinha suas suspeitas, mas a ideia de beijar alguém era por demais atraente para que ele pudesse recusar a oferta, mesmo que na hora H não enxergasse a moça em questão. A dupla entendeu o silêncio do Sapo como consentimento e Oscar meteu sem dar mais tempo para ele pensar:

— Então está decidido! Nos encontre amanhã à tardinha, na esquina da casa da Ana Beatriz.

• O ENCONTRO •

Como combinado, por volta das cinco da tarde Bartô já estava a postos na esquina da casa rosada. Até colocou uma batina de fim de semana, para não decepcionar a jovem. Oscar e Adair chegaram logo depois, goma no cabelo e dentes escovados. Mal podiam conter a excitação.

— Guarda os óculos, Bartô! — foi a primeira coisa que Adair falou, já arrancando as gafas do rosto do Sapo.

— Mas nem estamos na frente da casa ainda! — contestou Bartolomeu. — Como vou fazer pra chegar lá?

— A gente te guia, Bartô. Confia na gente. — E entrelaçaram braços.

Caminharam os três, Adair de um lado, Oscar do outro e Bartô no meio, até a porta da casa onde as três moças se encontravam.

Oscar bateu na porta: uma, duas, três, quatro batidas, depois mais uma singular — esse era o código. A porta se entreabriu, mas, antes que pudessem entrar, Jandira fincou o pé.

— Somos nós — sussurrou Oscar.

— Nós quem? — questionou Jandira, do interior da casa.

— Ora essa, está a esperar mais alguém?! — indagou Adair, por trás do ombro do amigo.

— Oscar e Adair! — emendou o primeiro.

— E mais um? — perguntou Jandira.

— E mais um! — completou Oscar.

— Agora podemos entrar?

Adair estava impaciente. Finalmente ia sair do zero a zero.

— Primeiro o meu — Jandira respondeu, veemente.

Oscar e Adair empurraram Bartolomeu para dentro da casa. A porta se fechou imediatamente após sua entrada. Em seguida, o familiar som de chave trancando fechadura. Mal se passaram alguns minutos, Oscar já batia na porta novamente. Mas nada! Nem sinal de Ana Beatriz, Maria Lúcia, Bartolomeu ou Jandira. Os minutos se transformaram em horas e a noite já caía alta quando a porta se abriu novamente e por ela saiu o que sobrou do Sapo.

— O que aconteceu, Sapo?! — questionou Adair, se levantando da calçada.

— Aonde estão as meninas? — perguntou Oscar, também se pondo de pé.

— Ora essa, dentro da casa! — respondeu Bartô, calçando os sapatos.

— E por que não nos deixou entrar?!

Oscar e Adair eram puro nervo.

— Estava ocupado. Além do mais, a porta estava trancada e, sem meus óculos, eu não consigo enxergar.

— Filho da...

Acontece que, Ana Beatriz e Maria Lúcia, ao verem Bartolomeu, literalmente, dobrar Jandira, algo inédito em toda a história de amizade entre as três moças, ficaram tão impressionadas que resolveram entrar em campo. Bartolomeu não pôde gozar da visão durante o tal *rendezvous*, mas é sabido que os sapos têm uma língua longa e musculosa com a qual agarram suas presas, e, na época de reprodução, abraçam a fêmea por quinze dias ou mais.

O que dizer: alguns têm a beleza, outros... “talento”.

GÊNIO

• ORESTES •

Orestes era um sonhador. Teve uma infância difícil, jamais conheceu o pai ou a mãe: criado por um avô bruto e já no fim da vida, passava a maior parte do tempo na rua tentando ganhar algum dinheiro. Estudar como os outros meninos do bairro era impossível; quem dera colocar um uniforme de escola e confraternizar com os de sua idade. Não. Ainda criança, já tinha a vida de um adulto — trabalhar e cuidar do avô, que, em troca, lhe dava um teto e um prato de comida na hora do jantar.

Todas as noites, o velho assistia o noticiário e a novela das oito, e então adormecia sentado em sua cama. Orestes ficava ali, mais uma vez sozinho, num fino colchão no canto do quarto. Mas não se importava: ficava maravilhado com as histórias que via na tela da televisão.

"Um dia vou ter uma vida dessas", sonhava.

Seu passatempo favorito quando adolescente era ir ao teatro, onde tinha a oportunidade de ver os atores quase à queima-roupa. Chegava sempre de quinze a vinte minutos atrasado, vasculhando o bolso na frente do bilheteiro e comentando alto:

— Meu ingresso, não consigo encontrar! Acho que perdi.

Era um truque manjado, mas a casa nunca estava cheia e a Orestes era permitida a entrada.

Aos fins de semana, ao invés de ir à praia como todo bom carioca, ia para a biblioteca pública da cidade ler livros e peças de teatro. Foi esse tipo de esforço que lhe garantiu uma vaga de estagiário num escritório local. Mais tarde, foi contratado e, com a morte do avô, herdou a pequena residência de dois cômodos. Anos depois, funcionário de repartição pública, casou-se.

• TEREZA •

Tereza era o completo oposto de Orestes — uma mulher dura, pragmática, de pé no chão. Quando se conheceram, tanto Tereza quanto Orestes já estavam na casa dos trinta, de modo que... “namorico” não fazia parte do cardápio. Um mês de relação e Tereza foi taxativa:

— Ou casamos, ou vou investir em outra pessoa.

Casaram. Orestes, com uma pequena quantia que tinha guardada na poupança, comprou um anel e fez o pedido. Na hora de ajoelhar, Tereza interpelou:

— Não precisa.

Ela era assim: direta ao ponto.

• O CASAMENTO •

O casamento entre Orestes e Tereza era, pelo menos para o primeiro, como um braço da repartição — funcional. Faltava... “romance”. Tereza queria, e se conformava, com a solidez de um emprego seguro, da casa própria e dos laços religiosos do matrimônio. Já Orestes continuava, apesar do terno e gravata, o mesmo menino que assistia novela no fino colchão no canto do quarto do avô: um sonhador.

Se estava velho para começar a carreira em cima do palco, se tornaria dramaturgo. Escreveria as histórias que seriam dramatizadas por outros e viveria através deles suas joviais fantasias.

— Tira essa ideia maluca da cabeça, Orestes! — gritava Tereza quando ele tentava conversar sobre o assunto.

Um dia, Orestes chegou em casa mais cedo e anunciou, para o desespero de Tereza:

— Pedi as contas!

Ela jamais acreditou que ele teria a coragem.

— E vai fazer o quê?! — questionou, sem disfarçar a raiva.

— Vou escrever uma peça de teatro.

• A PEÇA •

Pela manhã, bem cedinho, Orestes se levantava e ia, garrafa de café e pão na mão, para a familiar biblioteca da adolescência. E ali ficava, a escrever seu sonho. Retornava para casa tarde da noite, só depois de pedirem duas ou três vezes para ele se retirar. Quando chegava ao seu domicílio, encontrava um prato de comida frio em cima da mesa e Tereza já adormecida. Assim, todos os dias, por meses a fio. Depois de algum tempo, sequer passou a encontrar a esposa na cama. Mas não se preocupava.

"Deve estar na casa da mãe", pensava consigo próprio.

Já estava desbotado e magro quando, um dia, retornou triunfante para casa com um manuscrito na mão.

— Tereza! Tereza! — chamava, entusiasmado. — Aonde está essa mulher?

Procurou nos dois cômodos da casa, mas nada, nem sinal da esposa. Teria que esperar. Sentou-se à mesa de jantar e folheou, admirado, o fruto de seu ardoroso trabalho. Foi quando Tereza passou pela porta. Orestes não pôde se conter:

— É genial! É genial, Tereza! — exclamou, pondo-se de pé.

Antes mesmo que a mulher pudesse dizer qualquer coisa, Orestes a puxou pelos braços e lhe deu um beijo. Tereza não reagiu – de olhos abertos, ficou parada como uma estátua enquanto Orestes pressionava seus lábios contra os dela.

— Orestes, a gente precisa conversar – disse, assim que o marido se afastou.

Mas Orestes não deu bola, estava como em um transe:

— Eu terminei, eu finalmente terminei, meu amor!

— Terminou o que, Orestes? – indagou Tereza, sem compartilhar o entusiasmo do marido.

— A peça! A minha peça de teatro! – E apontou para o manuscrito sobre a mesa. – Vai, lê!

Os olhos de Orestes brilhavam de puro contentamento. Sem esperar resposta, colocou as mãos nos ombros de Tereza e a conduziu até a cadeira.

Tereza folheou o texto – uma a uma, as páginas iam sendo passadas, mas nada, nenhuma reação se esboçava no rosto da mulher: nenhum sorriso, nenhuma lágrima, absolutamente nada. Mal ela virou a última página, Orestes disparou:

— Então? O que acha? Pode falar o que está pensando. Pode ser honesta.

Tereza foi implacável:

— Ninguém se importa com teatro.

Orestes não sabia o que dizer. O sorriso em seu rosto desvaneceu.

— O quê? – questionou, confuso.

— Ninguém se importa com teatro, Orestes — Tereza repetiu.

Orestes tentou se recuperar. Argumentou:

— Como assim? Todo mundo gosta de teatro, todo mundo gosta de arte, Tereza.

Há muito que as emoções de Tereza eram contidas. Vivera uma vida inteira de objetividade, e naquele momento que suas barreiras cederam. Explodiu:

— Deixa de ser burro, Orestes! É bacana! É bacana falar que gosta de teatro! É bacana falar que gosta de arte! Mas o povo gosta mesmo é de cerveja! Cerveja e futebol!

As palavras de Tereza cortaram Orestes como uma navalha. Mas a mulher não parou por aí. Completou:

— Enfia uma coisa na sua cabeça, Orestes: teatro não paga conta!

O sangue que restava nas veias de Orestes deixou seu corpo.

• ATO FINAL •

Tereza caminhou até a porta como se Orestes já não existisse.

— Aonde vai? — ele suplicou.

— Vou fazer o que deveria ter feito há muito tempo. Eu estou te deixando, Orestes.

Orestes viu a mala já posicionada na saída e não teve dúvidas: era o fim. Tereza agarrou a alça e abriu a porta. Num último alento, Orestes perguntou:

— E a peça? O que achou da peça?

Tereza, já do lado de fora, parou por um instante:

— Falta tragédia.

E se foi.

A peça de Orestes era realmente genial, mas talvez a mulher tivesse razão. Consumido pela incerteza e pela dor, Orestes foi até o quarto e encontrou, no fundo do armário, um velho revólver calibre 38, também herança de seu avô. Os vizinhos ouviram um um breve estouro, seco, como o estalar de uma bombinha de São João.

É assim... que se mata um talento.

O MORTO

• CLARA •

Clara era uma jovem moça, uma mocinha, no esplendor dos seus doze anos de idade. Residia com a mãe e com o irmão numa funerária deixada de herança pelo pai. Compartilhava com este uma mórbida fascinação pelos inanimados. Sua curiosidade sempre a levava até um pequeno quarto nos fundos da casa, reservado para o tratamento daqueles que já se foram. Seu pai, quando vivo, passava a maior parte do tempo trancado dentro do cômodo, se dedicando a seus clientes. A família ganhava pouca atenção, mas Clara insistia, batia na porta:

— Papai, me deixa entrar, eu também quero brincar com os mortos!

Achava que os cadáveres eram os mais perfeitos bonecos.

— Clara, sai já daí! — esbravejava sua mãe. — Morto não é brinquedo!

• A MÃE •

A mãe de Clara se chamava Rosa e era como a flor de seu nome: bonita, elegante e cheia de espinhos. Seu humor irascível destoava absurdamente da jovialidade da filha que, curiosa, vivia a explorar o mortuário. Tal comportamento deixava Rosa à beira de um ataque de nervos — tinha ojeriza a defuntos e mantinha a funerária simplesmente por falta de opção. Sem o frescor da juventude e com filhos para criar, não vislumbrava em seu futuro um segundo casamento. Além do mais, a experiência com o falecido deixara marcas — tomou a morte deste como um deliberado abandono; acreditava que o marido amava mais os mortos que a própria família e, por isso, decidiu se juntar a eles.

• O IRMÃO •

O irmão era cheio de particularidades: mais novo, teve ainda menos atenção do pai ou da mãe. Era como uma sombra; vagava pela casa sempre a observar o comportamento dos demais. E tinha mais um "quê": não falava. Se tinha algo a comunicar, o que era raro, escrevia em um caderno de notas que carregava consigo por toda parte. Quando bebê, sequer chorava; apenas encarava, olhos esbugalhados, qualquer coisa que entrava em seu campo de visão. Os anos se passaram, mas o menino reteve o comportamento — era um *voyeur* por natureza.

• O MORTO •

Sempre havia um cliente aguardando vez — a funerária gozava de boa reputação. A mãe de Clara repetia:

— Quantas vezes? Quantas vezes já falei?

— Eu nunca devo entrar no quarto dos fundos. Nunca — respondia Clara.

— Nunca — insistia a mãe.

Mas a menina era impossível: não importava onde a mãe escondesse a chave, Clara sempre a encontrava e lá ia ela investigar as presenças do proibido quarto.

— Clara, vou sair. Não demoro. Já sabe.

— Sim, mamãe.

— Cuide de seu irmão.

— Sim, mamãe.

Mas bastava ouvir o som da porta da frente se fechar.

— Nelson! Nelson! Me ajuda. Mamãe falou que não posso entrar no mortuário, mas ela não disse nada a respeito do morto vir até a sala.

Realmente, Clara era impossível.

Passados alguns minutos, os dois retornaram, arrastando pelo chão um belo homem dos seus trinta anos.

— No sofá, Nelson, me ajuda a colocar no sofá.

Mal o depositaram e Clara já empurrava o irmão.

— Agora vai, quero ficar sozinha com ele. Vai, Nelson! Vai fazer suas anotações.

O menino obedeceu; agarrou seu caderno e se dirigiu a algum outro lugar da casa.

— E, Nelson, não vai espiar, hein! — gritou Clara, assim que ele saiu.

Não satisfeita, correu até a porta e a trancou à chave.

— Desculpa meu irmão, ele tem essa mania de encarar — disse, sentando no sofá. — Mas agora somos só nós dois.

Tinha fascinação pelos mortos.

Clara ajeitou o homem numa posição mais... "viva" — ereto, uma mão no braço do sofá e a outra educadamente repousando em seu colo.

— Sabe que você me lembra meu pai? Era ele que cuidava da funerária antes de morrer. Acho que mamãe nunca gostou, dizia que ele passava tempo demais no mortuário. Às vezes ele me deixava ver. Às vezes.

Timidamente, colocou sua mão em cima da mão do falecido.

— Às vezes ele se trancava por horas lá dentro, só saía à noitinha, quando mamãe chamava para o jantar. "Preciso me concentrar", dizia. Papai era obcecado, acho. Tinha essa tara, tara por trabalho. Foi assim, até o dia de morrer.

Recostou seu jovial rosto no peito do homem e continuou:

— Morreu trancado no mortuário, trabalhando. Acredita? Nem um adeus. Mas você não, não é? Os vivos se vão, mas os mortos... Os mortos nunca nos deixam.

Encarou o morto nos olhos e sussurrou, admirada:

— São como um quadro, natureza-morta.

Sua mão alcançou os cabelos cacheados do homem e os acariciou com o cuidado de alguém que o faz pela primeira vez.

— Papai os deixava perfeitos, melhor do que antes. De quando estavam vivos. Uma obra-prima, você não iria acreditar. Mamãe, não. Ela não tem o mesmo cuidado, a mesma dedicação. Acho que papai conhecia seus mortos mais que a própria família!

Se aproximou um pouco mais e, de olhos ainda abertos, pressionou seus lábios contra os lábios do rapaz. Uma corrente percorreu seu corpo — de súbito, Clara se viu no meio da sala, verificando se o irmão, a mãe ou qualquer outra pessoa poderia ter visto o que se passara. Ficou quieta por alguns segundos, ouvidos atentos a qualquer barulho, mas nada, apenas o morto lhe fazia companhia, em silêncio. Seu coração aos poucos voltava ao ritmo normal. Retornou até o sofá, mas dessa vez não sentou ao lado do falecido. Não. Deu as costas para ele e, como uma mocinha, sentou-se em seu colo. A princípio, ficou imóvel, apenas descobrindo o efeito da eletricidade em sua pele. Era como se tivesse enfiado o dedo na tomada, algo que sua mãe dizia para nunca fazer, mas sem a dor. Aos poucos, deixou seu corpo embalar num singelo movimento, como um barco a se mover com a maré. Seus olhos se fecharam, sua cabeça pendeu, seu coração acelerado como o de um passarinho. Suas mãos alcançaram o sofá, o apertou com força, ajudando a gravidade a pressionar seu pequenino quadril para baixo. De repente, um breve gemido escapou por entre seus lábios. Clara despertou de seu transe, aterrorizada, se jogou no chão e gritou olhando em direção à porta do cômodo anexo.

— Nelson! Você tá espiando! Tá espiando pelo buraco da fechadura!

Seu rosto ainda estava ruborizado quando sua mãe abriu a porta da frente e a pegou de quatro no chão.

— Clara! O que está fazendo?! — gritou, surpresa.

— Nada, mamãe! — justificou a menina, tentando se colocar de pé tão rápido quanto podia.

Mas era tarde: Rosa já a agarrava pelo braço e esbravejava ensandecida:

— Quantas vezes! Quantas!

— Mas não fui eu, mamãe! Não fui eu, eu juro! — tentou justificar. — Foi o Nelson! Ele tem essa curiosidade mórbida, não sei, essa... tara de ficar observando a vida dos outros!

Em vão. Sua mãe lhe virou a mão na cara.

— Nem mais uma palavra! Quero que se lave agora mesmo, está me escutando? Quero que se lave com sabão!

— Sim, mamãe.

Rosa soltou seu braço. Clara caminhou até a porta do cômodo anexo, magoada e abatida, a destrancou e deixou a sala.

— A boca também! — completou a mãe.

• CAIXÃO FECHADO •

Quando Elides faleceu, Rosa foi imperativa:

— Caixão fechado.

Sequer deixou Clara ou Nelson verem o pai antes de o colocarem em seu ataúde. Acreditava que lugar de morto é debaixo da terra, longe dos olhos dos vivos. Agora se via ali, na sala, com um defunto em seu sofá, como se estivesse tomando um chá ou assistindo televisão. Sua frustração era tamanha que sua pálida pele se tornara vermelho-sangue e as veias saltavam em seu pescoço. Agarrou o morto pelas pernas e o puxou com força, o som seco da cabeça do homem contra o piso ecoou pela sala.

"Inferno", pensou.

Tentou arrastá-lo para o mortuário, mas sem sucesso — o salto alto vibrava incontrolavelmente contra o azulejo e Rosa tinha dificuldades para manter o equilíbrio. Suava com o esforço e com a raiva. Não bastava carregar sozinha o peso da funerária e da criação dos filhos, agora também tinha que carregar aquele corpo de volta até o quarto dos fundos.

— Nelson! — gritou.

Mas não ouviu resposta. Outra mania do menino era desaparecer dentro da própria casa. Tirou os saltos, segurou o homem pelos pulsos e tentou mais uma vez. O morto moveu não mais que alguns centímetros.

— Inferno — repetia para si própria.

Tentou outra estratégia: se posicionou por sobre o corpo e enfiou seus braços por debaixo das axilas do cadáver. Com esforço, pôde levantá-lo um pouco, o mínimo suficiente para arrastá-lo alguns passos em direção ao cômodo anexo. Todavia, o peso era demais para apenas uma pessoa e o suor a deixava escorregadia — o morto foi ao chão e com ele Rosa, abraçada a seu peito. Qualquer transeunte que passasse pelas redondezas teria ouvido um prolongado grito de horror vindo da funerária.

Rosa, sentada em cima do morto, arranhava seu peito, arfava, gritava, gemia em puro ardor — uma fúria retida talvez por anos saía de seus poros junto com seu suor. Foi nesse momento que ouviu a voz de Nelson pela primeira vez:

— Você sabia que durante o processo de *rigor mortis* o "corpo" fica endurecido por dez minutos ou mais?

Rosa levantou a cabeça, seu cabelo desalinhado cobrindo seu rosto. Nelson, caderno de notas à mão, a encarava. Rosa se levantou, ajeitou sua saia como podia, tentando se recompor. Com delicadeza, agarrou seus sapatos e passou por Nelson em direção à saída, mas, pouco antes de deixar a sala, ouviu o som das folhas do caderno de notas do menino e então sua voz mais uma vez:

— Necrofilia: desvio psíquico caracterizado pela excitação sexual decorrente da visão ou do contato com um cadáver.

Choque. Rosa estacou, retornou de imediato, sua mão se erguendo com violência. Nelson não moveu um músculo: continuou no mesmo lugar, a observar a mãe, plácido, como se nada tivesse acontecido. O tapa parou a poucos centímetros do rosto do menino. Os dedos de Rosa se contraíram em um cerrado punho, com exceção do indicador, que apontava sem misericórdia para Nelson.

— Você é um imoral, um obsceno, um...

Um anjo pornográfico.

CARNAVAL

• CARNAVAL •

— Carnaval é a expressão máxima da felicidade, meu caro! No carnaval, todo pecado é perdoado! — gritava Edgar pelas ruas, toda vez que via alguém na janela de um escritório comedidamente a espiar.

Carnaval no Rio de Janeiro era assim: bloquinho de rua, música, bebida e gente por toda parte, 24 horas. O povo marchando, embalado, de um bairro a outro, se desnudando com o passar das horas, vivendo o que é proibido nos outros 360 dias do ano. No meio da multidão, figuras como Edgar.

• EDGAR •

Edgar era um tipo másculo, forte, terno e gravata e goma no cabelo o ano inteiro. Com exceção... do carnaval. Nos cinco dias de festa Edgar se soltava, se vestia de mulher — salto alto e tudo — e caía na gandaia. Era no carnaval que Edgar realmente vivia: deixava o bondinho descer a ladeira; não julgava a si próprio ou seus vizinhos — queria mesmo era ser feliz.

De braços dados com ele vinha seu colega de apartamento: um rapaz belo, olhos verdes e cabelos cacheados como um anjo da Capela Sistina. Luís era menos rígido que o amigo, mas também tinha seus segredos — era de uma timidez sobeja.

• O PACTO •

Edgar e Luís tinham um pacto: se uma oportunidade de baderna surgisse durante o carnaval, nem um nem outro poderia negar. E mais: segredo absoluto nos outros dias do ano. Isso garantia à dupla uma liberdade afrodisíaca. No carnaval, tudo podia, toda algazarra era bem-vinda.

Foi no último dia de festa, na Quarta-Feira de Cinzas, que Edgar e Luís conheceram Glória. Ah... Glória! Seu nome já dizia tudo: era um excesso de grandeza — uma bela moça de seios fartos e cabelos revoltos que já diziam a que vinha. Bastou apenas um olhar para que Edgar e Luís ficassem irremediavelmente encantados.

Edgar foi o primeiro: músculos à mostra, se aproximou, confiante. Luís, tímido, apostava em sua feição — sorriu por cima do ombro do amigo. Glória, embalada pelas marchinhas de carnaval, dançava ora com um, ora com o outro; rodopiava, o vestido ao mesmo tempo revelando e cobrindo seu corpo.

— Vem comigo — sussurrou Edgar em seu ouvido.

— Pra onde? — perguntou Glória, com um sorriso no rosto.

— Tenho um apartamento não muito longe daqui.

— Mora sozinho?

— Eu e meu amigo. — respondeu, olhando para Luís.

— Façamos o seguinte: vamos apostar uma corrida — disse Glória. — Fico com quem ganhar.

Edgar e Luís se entreolharam — correram como se a vida deles dependesse do resultado. No entanto, quando estavam prestes a alcançar o edifício onde residiam, Glória passou por ambos sem qualquer dificuldade.

— Ganhei! — anunciou.

— Não vale! Você tirou os sapatos! — contestou Edgar.

— Você não tirou os seus porque não quis. Ninguém falou que não podia.

Subiram para o apartamento, os três. Assim que entrou, Glória caiu deitada no sofá, como se já fosse de casa. Brincando com o próprio cabelo, passou o minuto seguinte a encarar os dois rapazes com um sorriso malicioso nos lábios.

— Não vão me oferecer algo para beber?

Num piscar de olhos Edgar e Luís estavam na cozinha.

— O que está fazendo?

— Preparando um drinque, não está vendo?

— Quero saber o que está fazendo no apartamento!

— Te pergunto o mesmo.

— Eu a vi primeiro.

— Você perdeu a corrida.

— Cheguei junto com você!

Retornaram para sala, *whiskey on the rocks* nas mãos. Era o que sobrara depois de uma semana de carnaval. Glória pegou o copo da mão de cada um e tomou ambos sem pestanejar.

— E agora? — perguntou.

— Agora...

— Agora você escolhe um.

Não eram os olhos de Glória que desconcertavam Edgar ou Luís, nem os seus lábios, suas coxas ou seus seios. Era o seu sorriso. Glória tinha um jeito de sorrir, uma maneira, um tempo. Ela sorria como quem sabe um segredo.

— Por que tenho que escolher um? — questionou, curiosa.

— Ora, porque...

— Porque...

— Dois é par, dá liga.

— Três é demais, um sempre fica sobrando.

Glória foi categórica:

— Quero os dois.

Silêncio. Nem Edgar, nem Luís se atreveram a falar. Glória arrematou:

— Juntos.

— Glória, sou homem, pomba! — disparou Edgar.

— Nem pensar, Glória! — emendou Luís.

Mas ela continuou:

— Edgar... você está com muita roupa, Edgar — disse, candidamente, o olhando nos olhos.

Edgar ruborizou, constrangido. Diante de Glória e Luís desceu dos saltos e tirou o vestido. Ficou, no meio da sala, só de cueca samba-canção.

— Tira, Luís, a gente não tá olhando — soltou Glória, rodopiando de olhos fechados.

Luís encarou Edgar. O peso da relação, da convivência, da masculinidade de ambos pairava no ar.

— Vou apagar a luz — disparou Luís, já a caminho do interruptor.

— Por quê? Não quer ver meus seios? Meus seios são lindos.

Luís estacou. Glória puxou o vestido por sobre sua cabeça. Seus seios eram perfeitos.

— Agora você. Tira — repetiu.

Luís fez como Edgar: obedeceu.

— Agora, vem. Vem, Luís. Vem, Edgar.

Os rapazes se aproximaram. Glória beijou Edgar primeiro, o desarmou por completo. Luís estava tão próximo que podia ouvir o som de suas línguas. Então, foi sua vez:

Glória o puxou pelos cabelos e o envolveu com todo o seu amor. A mulher era como uma sereia.

— Agora vocês — disse, se afastando.

Os rapazes interpelaram:

— Glória, será que...

— Talvez a gente pudesse...

— Sabem qual é o significado da Quarta-Feira de Cinzas? — cortou Glória. — As cinzas são um símbolo para a reflexão sobre o dever da conversão, da mudança de vida, recordando a passageira, transitória, efêmera fragilidade da vida humana.

Edgar e Luís se entreolharam, confusos. Foi a proximidade entre seus corpos que deu sentido às palavras de Glória. Ah... Glória! Ela era mesmo uma exuberância de mulher, de uma beleza singular. Mas seu maior atrativo não era seu corpo; era sua confiança. Glória era uma mulher de todos os pecados e de nenhum medo.

— Vai, Luís, não tem ninguém olhando.

Luís arriscou, se aproximou um pouco mais de Edgar. Os dois rapazes ficaram frente a frente, à queima-roupa. Um silêncio tomou conta da sala, como se nada mais existisse. Glória se dirigiu até a porta; sussurrou, pouco antes de deixá-los a sós:

— O carnaval é a expressão máxima da felicidade, Edgar. No carnaval... Todo pecado é perdoado.

AUDÁCIA

• ALBERTO •

Alberto era um canalha, no sentido literal da palavra. Assumido! Para ele era uma questão de adaptação, da sobrevivência do mais forte. Fazia o que fosse necessário para conseguir o que queria. E por que não? Acreditava que era justo, apenas uma questão de coragem, de ousadia, de... Audácia. Para Alberto, os fins justificam os meios.

Sempre bem alinhado e com goma no cabelo, sua aparência chamava a atenção. Ademais, era um galanteador — tinha um jeito especial com as palavras. E não apenas com mulheres; não, com homens também. Alberto sabia seduzir e todos ficavam encantados com a sua presença. Todos. Com exceção... do sr. Heitor Villas-Boas.

• HEITOR VILLAS-BOAS •

O sr. Heitor Villas-Boas era um rapaz que prezava pela boa reputação.

— O nome. O nome é a coisa importante que temos, Ednara.

Descendente de uma família que, em certa época, possuiu algum prestígio, sua criação foi rígida. A aparência, a moral e os bons costumes ocupavam o lugar de mais alto valor, daí fazer questão que todos o chamassem de senhor — senhor Villas-Boas.

No bairro onde morava, não tinha muitos admiradores. Era um daqueles rápido em apontar o dedo para o comportamento alheio. Além disso, mantinha, mesmo a família não possuindo mais dinheiro ou prestígio algum, uma postura de superioridade em relação aos seus convivas que, secretamente, ansiavam pelo momento de sua derradeira queda.

• O OCORRIDO •

Foi num desses dias de meio de semana que o sr. Heitor Villas-Boas saiu pelas ruas do bairro a bufar em alto volume:

— Eu mato! Eu mato esse crápula!

Depois de caminhar alguns blocos a passos firmes, encontrou Alberto em um café de esquina, a tomar um carioquinha, e disparou sem rodeios:

— Alberto... você é um canalha!

Todos perceberam a feição alterada de Heitor, mas sabiam que o rapaz se irritava com pouca coisa e, portanto, não deram muita bola.

— Está me ouvindo, Alberto? Canalha, é isso o que você é! — repetiu, em bom som.

Alberto assinalou para que ele aguardasse, molhou o bico e soltou, casualmente:

— O que foi, Heitor? Você só faz reclamar, rapaz, não pega bem.

Sabia exatamente o que dizer para tirá-lo do sério.

— Não pega bem? Você está de sacanagem, não é?! Está de sacanagem! Quer saber o que não pega bem? Você beijar a Ednara!

Choque. Ednara era a noiva de Heitor. Uma moça inocente, que a vida ainda não tinha deflorado. Vivia sob sua guarda, protegida do mundo e de todos. O sr. Villas-Boas passou meses a cortejando, até que enfim conquistou seu afeto. Ainda sem explorar as minúcias de um relacionamento, propôs: "Casa comigo Ednara, te dou meu nome."

— Opa... Muita calma nessa hora, Heitor. Acusar alguém de um ato desonroso é difamação, e difamação é crime, meu caro, artigo 139. Se bem que beijar a senhorita Ednara não seria um fato ofensivo imposto à reputação, convenhamos.

Villas-Boas suava com cada palavra que saía da boca de Alberto. Sua raiva era tamanha que seus óculos embaçaram com o calor de sua respiração.

— Todo mundo viu, Alberto! Todo mundo! — esperneou, batendo a mão contra o balcão.

Mas Alberto, sempre calmo, sorriso no canto do rosto, respondeu:

— Meu caro Heitor, quem é todo mundo? Não se deixe levar pela palavra alheia. As pessoas gostam de falar, gostam de inventar histórias. Ajuda a passar o tempo.

Não vexava. Ao contrário, parecia que a Alberto apetecia a dor e o constrangimento alheio. Com o dedo em riste e em tom solene, Heitor declarou:

— A Ednara. Ela mesma me contou tudo.

Alberto delicadamente tocou o ombro de Heitor, o conduziu alguns passos em direção à saída.

— Sr. Villas-Boas, não é necessário chamar a atenção. Na verdade, é contrário à sua causa. Escute, tenho grande apreço pela sua pessoa, portanto vou lhe falar abertamente: beijei a Nara? Beijei. Gostei de beijá-la? Gostei. — A cara de Heitor se contorcia com o descaramento de Alberto. Este não se alterava. Continuou, amável: — Mas quem não beijaria? Quem não gostaria? Me diga. Você mesmo me acusar, imputando um peso diria... de *crime* ao fato, é quase uma ironia. Você, que a cortejou seguidas vezes, implacável, dia após dia, semana após semana, mês após mês, até que ela cedesse e lhe beijasse. E não apenas lhe beijasse uma única vez, mas seguisse lhe beijando, vide ela ser sua noiva, há de concordar que a carne é fraca. E olha, falo por ela e não por mim, porque eu sou solteiro. Aqui, quem tem laços de relacionamento com o senhor é ela e não eu, de modo que quem precisa lhe dar satisfações de seu dia a dia e de seus atos é ela e não eu. Mas lhe digo como amigo e confidente que não há por que se exasperar por um escorrego. Você, mais do que eu, sabe o valor da sra. Nara. Brigar por uma bobeira? Um beijo no bondinho? Não, não faça isso. E mais: não fica bem espalhar essa história por aí. Você vai... manchar a reputação da moça. E diria até a sua. Espalhar que eu beijei a Nara é como apregoar uma medalha de honra ao mérito no meu peito.

Heitor não podia acreditar. Trincava os dentes enquanto o suor lhe escorria a testa.

Alberto arrematou:

— Mas não se preocupe: em nome de nossa amizade, manterei este assunto no mais alto grau de sigilo.

Os demais fregueses continham o riso como podiam — era a gota.

— Isso não vai ficar assim! — disparou Heitor, antes de deixar o estabelecimento a passos largos.

— Como você pôde?! Como foi capaz?! Eu não consigo acreditar! — repetia Heitor, caminhando de um lado para outro. — Isso não vai ficar assim, isso não pode ficar assim.

Ednara, inocente como só ela, se arrependia de ter relatado o acontecido para o noivo.

— Me arruinaste, Nara! O meu nome está na lama! — Lágrimas corriam de seus olhos, o peso da culpa por sobre seus ombros. — Detalhes! Eu quero os detalhes! — exigiu Heitor.

Acuada, Nara cedeu.

— Estávamos no bondinho, o sr. Alberto e eu.

— Um canalha, um verdadeiro canalha.

— Eu estava próxima à janela. O sr. Alberto sentou-se ao meu lado.

— Calculado!

— Um cisco entrou em meu olho e...

Ednara era só nervos. Suas mãos, mesmo agarradas a seu vestido, tremiam incontrolavelmente.

— Ora, continue! Não pare agora!

— Foi então que o sr. Alberto ofereceu seus préstimos. Pediu-me que fechasse os olhos, mas, ao invés de soprá-los, beijou-me os lábios.

Mal as últimas palavras escaparam à boca de Ednara e Heitor já estava a vasculhar o armário da sala. Retirados alguns livros, fez-se à vista um pequeno cofre. Heitor moveu com rapidez os números da combinação e retirou do artefato um velho revólver calibre 38.

— Eu mato! Eu mato esse crápula!

Ednara tentou pleitear:

— Não vá, Heitor, por favor, isso não vai terminar bem.

Em vão. Heitor já deixava a casa à procura de Alberto.

Rápido, percorreu as ruas do bairro com o revólver em punho e Ednara em seu encalço. Transeuntes, atraídos pelo alvoroço, seguiam o casal a fim de entender o que se passava. O rival foi encontrado no mesmo café de esquina, a conversar fiado com alguns convivas. Seu algoz estacou no meio da rua, gritou a todo pulmão:

— Alberto! Vim lavar a minha honra!

Uma multidão se agregava ao redor do estabelecimento. No meio desta, Heitor e Ednara.

— Se é homem, saia já daí! — pressionou.

Ednara, jogada aos pés de Heitor, soluçava, pedia, se derramava em prantos. Heitor não dava bola; estava cego, queria a morte de seu contrário. Assim que Alberto colocou um pé à vista do sol, Heitor fez mira. Anunciou para todos:

— Meu nome é Heitor Villas-Boas e eu vim aqui para matar o homem que roubou um beijo de minha noiva.

Mas mal engatilhou a pistola, Ednara se jogou na frente de Alberto, fez-se de escudo:

— Eu quis! Fui eu quem quis o beijo! — gritou, sem se conter.

O populacho, que antes murmurava versões do acontecido, emudeceu com a declaração.

— O beijo não foi roubado — confessou.

A resposta do noivo?

— Então... mato os dois! — e puxou o gatilho.

Todavia, o antigo revólver, talvez décadas sem uso, não correspondeu. O tiro saiu pela culatra, destruindo a arma e a face de Heitor, que caiu no chão não apenas morto, mas também... irreconhecível.

O VELÓRIO

• CARLINHOS •

Carlinhos era o filho mais novo de Apoplígio, um austero viúvo que apostava no rebento todas as suas fichas. As irmãs mais velhas, Marlene e Isabel, faziam parte da casta familiar, mas o patriarca não era daqueles que confiaria a chefia dos negócios ao gênero feminino. Além do mais, as duas irmãs só tinham olhos e ouvidos para a palavra do Senhor. Sim, eram dessas senhoras com profundas inclinações religiosas. Só diferiam mesmo em termos de personalidade – enquanto Marlene tinha uma visão amarga da vida, Isabel era de uma inocência infantil.

Como único filho homem, Carlinhos reinava solene na família — fazia o que queria, o que, no caso do rapaz, se resumia a se esbaldar nos bordéis da cidade e esbanjar o dinheiro do pai.

• AGREGADOS •

A família contava com três agregados: Carola, sr. Alcântara e Bento. Carola era a nova esposa de Apoplígio, uma moça que não tinha sequer a metade da idade do marido. Todos acreditavam que o casamento era arranjado. Apoplígio, com a presença da jovem esposa, declarava para o mundo a sua virilidade. Já Carola, com a união matrimonial sem divisão de bens, aguardava ansiosamente a partida do velho em ordem de se garantir na vida. Passados não mais que alguns meses, a esposa já se mostrava impaciente com a recusa do cônjuge de deixar esta para uma melhor e fazia questão de demonstrar seu mau humor.

Sr. Alcântara era o único amigo do patriarca, um notório hipocondríaco que desde criança reclamava todos os males que a imaginação pudesse conceber. Quando moço ainda tentou cursar medicina na esperança de se tratar, mas o resultado foi desastroso — passou a exibir os sintomas das enfermidades que estudava. Devido à sua particular condição, assumiu um estilo de vida recluso, aguardando em sua residência o dia em que seria baixado a sete palmos. Era seu destino, acreditava.

Bento era o parceiro de arruaça de Carlinhos. Sorumbático, passava a maior parte do tempo encarando o fundo de um copo — era um verdadeiro milagre seu fígado ainda funcionar. O rapaz dizia ser vítima de uma maldição: todos à sua volta, mais cedo ou mais tarde, sucumbiam de maneira inusitada. Sua crença era baseada no fato de que seus pais, sua tia e até sua noiva sofreram acidentes trágicos assim que ele entrou em suas vidas — um pesado fardo que carregava consigo aonde quer que fosse. A cervejinha, a cachaça, a vodca, o uísque, o martini e o conhaque, a tequila, o rum, o vinho e às vezes o champanhe — e a amizade com Carlinhos — eram o que o confortava.

• CHOQUE •

Foi para grande surpresa da família que um dia Carlinhos não respondeu aos chamados da irmã. Todas as manhãs, bem cedo, Marlene ia a seu quarto acordá-lo para o café — Apoplígio fazia questão que o filho se sentasse à mesa para o desjejum. Todavia, na lúgubre manhã, Carlinhos foi encontrado de bruços em sua cama, rígido e sem respiração. Após inúmeras tentativas fracassadas de reanimá-lo o médico da família foi chamado, mas tirado o pulso, foi taxativo:

— Não há nada a se fazer.

Um verdadeiro choque.

• O VELÓRIO •

No dia seguinte, já estavam acertados os detalhes para um velório envolvendo apenas a família e os três agregados. Apoplígio foi o primeiro a chegar, de braços dados com Carola que já protestava a pontualidade do marido:

— Não entendo o porquê da pressa, ele não vai a lugar algum.

Atrás deles, Marlene e Isabel, ambas a rezar o Pai Nosso:

— Pai nosso que estais no céu...

— Pai nosso que estais no céu...

— Santificado seja o vosso nome...

— Santificado seja o vosso nome...

Eram seguidas pelo sr. Alcântara, como sempre, fatídico:

— Um dia serei eu, disso tenho certeza.

Por último entrou Bento, gravata frouxa e cantil de uísque na mão:

— Não há justiça neste mundo! Os bons sempre vão primeiro.

Mal depositaram suas flores, tanto a família quanto os agregados já quebravam o decoro:

— Realmente... um inútil.

— Papai?!

— Não entendo como alguém pode morrer tão jovem!

— Comparado a você, todo mundo é jovem, Apoplígio. Até seu nome é nome de velho.

— Carola, por favor, respeite a morte do rapaz.

— A morte não perdoa. Eu já a escuto batendo na porta.

— Uma mal-amada.

— Acho que deveríamos fazer uma oração. Para ajudar Carlinhos a entrar no Reino dos Céus.

— Quem não respeita os mandamentos de Deus, não entra na casa do Senhor, Isabel.

— Marlene, isso é coisa a se falar? É seu irmão.

— Se masturbava.

— Jura?!

— É de família.

— Carola! Faça-me o favor! Deus perdoa, Isabel. Somos todos pecadores aos olhos do Senhor.

— Fale por você, Apoplígio. Horas trancado no banheiro. Com essa idade.

— Quem não.

— Bento, pelo amor de Deus!

— Eu, nunca me masturbei. Nunca!

— Um dia serei eu no caixão, disso tenho certeza.

— Quem deveria morrer, não morre.

— Já chega! Calem-se todos! — explodiu Apoplígio. — Cada um que diga o seu adeus individualmente. E que não demore; tenho negócios para resolver.

Dada a ordem, cada membro da família arrumou um lugar para se sentar. Um a um, iriam se aproximar do caixão para se despedir de Carlinhos e dizer suas palavras finais. Passados alguns minutos, Bento se levantou e, em tom de confissão, sussurrou no ouvido do amigo:

— Sou um azarão, Carlinhos, um azarão! A culpa é toda minha. Nunca te contei, não em detalhes, mas hoje...

hoje vou te contar. Já na barriga da minha mãe eu era um estorvo. Era para o médico ter feito alguma coisa, mas não... não se interrompe uma gravidez, certo? Uma besta. Alguns dias depois foi meu velho. Não resistiu à perda. Percebe? Logo de entrada, mandei dois pro saco. Mas acha que parei por aí? Não. Restou à minha tia tomar conta do encalhe. Bastou me receber em sua casa. Estou te dizendo, meu amigo. Não tenho ninguém, não posso ter ninguém. Aposto que se eu deitar no jardim da praça, eu mato as flores. Sou, no sentido literal da palavra, um empeço. Você vai dizer que acontece. Então me diz: e a Cibele? Quais são as chances de alguém ser atropelado por um bondinho? Nasci com um pé na cova, mas quem morre são os outros. Você é a prova disso. Enfim, se encontrar em você de um dia me perdoar... — engasgado, sentou-se junto aos demais.

A próxima foi a irmã mais velha, Marlene, mas bastou se ajoelhar ao lado do caixão e abrir a bíblia...

— Senhorita Marlene, incomodo?

— A penitência é feita individualmente, sr. Alcântara.

— É que nunca tenho a oportunidade de falar-lhe a sós.

— O que quer?

— Estava a cogitar se pensou em minha proposta?

— A resposta é não.

— Senhorita Marlene, por favor. Não quero ofender, mas... a senhorita já tem uma certa idade e ainda não se casou. É porque é feia? Pois eu não me importo! Como sabe, sou uma pessoa de algumas posses. Tenho uma casa na rua principal. Dois andares! E mais algum dinheiro no banco. O suficiente para uma vida confortável. O que me falta é alguém. Veja: tudo que quero é não morrer sozinho. Tenho medo, percebe? Estou para morrer desde menino, disso eu sei. Meu pai era muito doente, não saía da cama. Estava fadado, não esqueço. Mas minha mãe estava lá. Cuidou. Amparou. É isso que me falta. Alguém do meu lado na hora da morte, como minha mãe! Talvez seja por isso que eu não tenha morrido ainda, cumprido meu destino. Seria perfeito! A senhorita se casa e eu finalmente tenho a minha companhia. Depois que consumarmos o casamento, a senhorita pode viver no segundo andar, eu no primeiro. É só na hora da morte que é o caso. Depois faz como minha mãe: fica com a casa e com o dinheiro. O que acha?

Marlene se virou para o hipocondríaco e, categórica, declarou:

— Sr. Alcântara, não tenho desejo por homem algum nessa vida.

Mas o Sr. Alcântara não se deu por vencido.

— Senhorita Marlene, não sou nenhum moço, é visível. Com o tempo vem a experiência. Sei que deseja! A penitência é o castigo, o remédio para a culpa.

— Sr. Alcântara, o senhor está se excedendo!

— Senhorita Marlene, pode ser honesta comigo, já tenho idade! Toda mulher deseja, toda! Normal! Ao menos um na vida!

Após uma breve pausa, Marlene confessou:

— Meu irmão. Apenas meu irmão desejei. Quando menino me pedia o seio. Foi o único prazer que tive. Mas bastou crescer para me abandonar. Eu, que sempre estive ao lado dele, desde que nasceu. Em casa se trancava no quarto. Se masturbava, eu sei. A culpa é do alcoólatra. Bento. Foi ele que levou o Carlinhos para arruaça, foi ele que levou o Carlinhos para perdição.

— Mas... o seu irmão... ele está morto — balbuciou sr. Alcântara.

— E com ele minha única esperança de casamento.

Desolado, sr. Alcântara considerou as alternativas.

— A Isabel, talvez.

Mas Marlene foi fulminante:

— É muito nova para o senhor.

O fim. Lentamente sr. Alcântara se afastou do caixão, deixando Marlene e qualquer esperança de realizar seu destino para trás.

Isabel foi a seguinte, dedos entrelaçados em oração, se debruçou sobre Carlinhos.

— Me desculpa, Carlinhos, me desculpa. Papai só tinha olhos para você. Você era o favorito. Sempre. Sempre. Quando pequena ele me pegava no colo, me levava para passear, eu me lembro. Mas bastou você nascer. Daí era só Carlinhos pra cá, Carlinhos pra lá. Carlinhos, o varão da família. “Esse vai ser igual a mim quando crescer”, dizia o papai. Eu nunca tive chance. Mas tudo o que pedirdes, orando, crede que o recebereis e tê-lo-eis. Deus tem o poder, Carlinhos. E eu pedi. Pedi em oração. Para que

Ele te levasse. Só assim papai vai ter olhos para mim. Ainda sou a mais nova. Carola é estéril, tenho certeza. Por isso a amargura. Espero que você seja virgem. Para que possa entrar no Reino dos Céus. Marlene diz que quem se masturba não entra. Diz que o desejo é pecado. E masturbação é a consumação do desejo. Mas não se preocupe: eu vou pedir em oração para que você entre no Reino dos Céus. Para que o Senhor tenha piedade de ti. No Céu todos estão nus, mas não é pecado. Não há pecado no Céu, Carlinhos. Você vai poder se masturbar à vontade.

E, de olhos fechados, começou a rezar o Pai Nosso.

Por fim, restavam Carola e Apoplígio, mas a moça não tinha afinidade alguma com o falecido ou com qualquer outro membro da família. Coube ao patriarca encerrar a cerimônia. De pé ao lado caixão, deu início ao discurso final:

— Muito bem. Estamos aqui reunidos para... Enfim, dizer adeus ao meu filho. Um rapaz a quem nunca faltou nada. Teve tudo do bom e do melhor, fiz questão disso. Meu único desejo era que o Carlinhos pudesse me suceder nos negócios, continuar o nome da família. Mas o rapaz gostava mesmo era de... Vocês sabem muito bem. Bom, mais uma vez ele deu um jeito de escapar das responsabilidades. Se tem uma palavra que define meu filho, a palavra é... "incapaz". Eu só gostaria que ele fosse tão incapaz em morte quanto ele foi em vida.

Mal o vetusto terminou a frase, a esposa foi ao chão. Marlene e Isabel, eufóricas, ergueram as mãos para o céu e começaram a gritar:

— Santificado seja o Vosso nome! Santificado seja o Vosso nome!

Foram as caras de espanto de Bento e do sr. Alcântara que fizeram o patriarca se virar em direção ao caixão: o velho se deparou com a visão de Carlinhos que, sentado, tentava fazer sentido do que acontecia.

— Mas se o ímpio se converter, certamente viverá; não morrerá! — gritou Marlene.

— E tudo que pedirdes, orando, crede que o recebereis e tê-lo-eis! — completou Isabel.

O único a realmente fazer algo foi Bento, que se jogou nos braços do amigo.

— Minha maldição! Estou curado! Nunca mais ponho uma gota na boca!

Apoplígio, ainda atordoado, foi desperto por sr. Alcântara que, perito em enfermidades, explicou o caso:

— Catalepsia patológica. Os membros se tornam rígidos. Pode durar horas, até dias. É uma condição rara do sistema nervoso.

Por fim, sussurrou:

— Mas também um sintoma característico de abstinência de cocaína.

Fazia sentido.

Passado o espanto dos presentes, Carlinhos foi retirado do caixão, e quase saíam da igreja quando foram interrompidos por sr. Alcântara.

— Esperem! É perfeito! — exclamou, estático. — Esta é minha saída! O velório é minha luz no fim do túnel!

Mal se viraram e o hipocondríaco já estava metido no caixão.

— Eu tomo o lugar de Carlinhos e vocês fazem a procissão. Assim, tenho minha companhia, minha companhia na hora da morte!

Pasmos, ninguém foi capaz de resposta. Coube a Bento, que de todos era o que tinha mais afinidade com a morte, responder:

— Não se nega o pedido de um moribundo, disso eu sei.

E, em cortejo, seguiram em direção ao cemitério.

DOLORES

• DOLORES •

Dolores era uma moça fina, jovem, ingênua até. Criada apenas pelo pai e educada em casa, não tinha amigos ou amigas onde morava; apenas conhecidos, que acenavam à distância. Era bela – cabelos castanhos e olhos amendoados, traços finos, um corpo esbelto e uma pele alva. Seu maior sonho era se casar, como as donzelas dos romances que lia. No entanto, Dolores sofria de um mal: desfalecia assiduamente. Como nenhum médico foi capaz de encontrar uma explicação para o caso, seu padecimento foi diagnosticado como... "crises". Quando acometida, Dolores passava horas desacordada e, recobrada a consciência, não se lembrava de nada relacionado ao ocorrido.

• OLAVO •

Olavo era um rapaz maduro, conhecido tanto por sua beleza quanto por seu comportamento reservado. Seu encanto era tal que as moças do bairro carinhosamente o apelidaram de "príncipe" — o rapaz tinha não apenas os modos, mas também uma condição financeira mais que confortável. Respeitado por homens e mulheres aonde quer que fosse, era considerado um "partidão". Todavia, apesar da extraordinária oferta de pretendentes, Olavo permanecia solteiro. Havia algumas semanas, passara a ser um dos conhecidos que, à distância, acenava para Dolores, a fim de conquistar seu afeto e sua atenção.

• ENCONTRO •

Após uma lenta aproximação, Olavo e Dolores finalmente marcaram um encontro: arquibancada do campinho ao cair da tarde. Com o pôr do sol, os jogadores iam para suas casas e o casal de pombinhos poderia gozar de uma certa privacidade que lugares como a pracinha ou o cinema não ofereciam.

Com o acender da primeira lâmpada, Dolores já se acomodava, à espera de seu príncipe. Olavo não demorou a chegar e, como um cavalheiro, trouxe consigo uma cesta com flores, queijos e uma garrafa de vinho – promessa de uma noite encantadora.

– Não precisava – comentou *en passant* Dolores, cheirando o buquê de rosas vermelhas.

– Faço questão – respondeu educadamente Olavo.

Trocadas as primeiras gentilezas, Dolores foi direto ao assunto: perguntou a Olavo o porquê dele ainda estar solteiro.

– Como, um homem como você, pode ainda não ter se casado?

O rapaz respondeu com mesura:

– Ainda não encontrei a moça certa. – E continuou: – Você?

Dolores, rosto corado, baixou os olhos e deixou as palavras timidamente escaparem de sua boca:

– Tenho uma condição – respondeu. – Crises.

Olavo permaneceu em silêncio, esperando a explicação da moça. Dolores prosseguiu:

– Me acomete quando menos espero. É como uma febre. Daí desfaleço. Acordo horas depois, sem memória alguma do que aconteceu.

O caso de Dolores não era alheio ao público ou a Olavo.

– Absolutamente nada? – questionou o rapaz.

– É como um sono profundo. Tenho os sonhos mais estranhos – completou a moça.

O "príncipe" bebeu o vinho que restava em seu copo, relembrando as muitas histórias que tinha ouvido a respeito da pequena de olhos amendoados e pele alva. De súbito, a jovem quebrou o silêncio, lágrimas nos olhos, irrompeu:

— Não quer mais nada comigo, eu sei!

Apoiando a mão contra a nuca de Dolores, Olavo a puxou para si e lhe beijou os lábios. Dolores congelou, mas apenas por um segundo. Recuperada da surpresa, retribuiu o beijo do rapaz que, ao tentar abraçar a pequena, roçou-lhe o seio. Dolores desfaleceu instantaneamente, boca ainda apertada contra a de seu pretendente.

— Dolores? Dolores?!

Olavo olhou em volta. Ninguém.

— Dolores! Dolores! — chamou mais duas vezes, lhe chacoalhando o corpo.

Nada. Dolores jazia imóvel como a Branca de Neve no conto dos sete anões. Delicadamente, Olavo retirou sua calcinha, abaixou as próprias calças e realizou o coito até terminar numa trepidação patética de seu corpo. Com o mesmo cuidado de antes, colocou a calcinha de volta na moça, subiu as calças e apertou o cinto.

Dolores permanecia desacordada. Realmente, parecia dormir um sono profundo. O príncipe posicionou o buquê de rosas em meio às suas mãos e após beijar-lhe levemente os lábios e ajeitar seus cabelos, a deixou. Horas depois, Dolores despertou. Foi como ela disse: parecia não saber de nada do que tinha acontecido. Com carinho, abraçou as flores contra o peito, levantou-se e foi para casa.

Semanas depois, Dolores estava de encontro marcado com um outro rapaz – Ulysses. Ulysses era um desses “machos à moda antiga”, um desses de peito cabeludo e barba por fazer que acredita que mulher foi feita para servir o homem. Sem modos, tinha os comportamentos mais inadequados.

– Homem que é homem é assim mesmo – gabava-se.

Apesar da reputação, sempre tinha uma pequena interessada, o que lhe inclinava a proclamar com o maior descaramento:

– É disso que mulher gosta.

O local do encontro? Arquibancada do campinho. Era noite de lua cheia e o descampado seria um lugar privilegiado para a observação do majestoso satélite.

Como da outra vez, ao luzir da primeira lâmpada Dolores já estava a postos, à espera de seu pretendente. Ulysses não foi pontual: chegou quando a noite já caía, camisa desabotoada e cheirando a cachaça. Também não trouxe flores ou aperitivos; apenas uma meia garrafa de aguardente que tomava no boteco antes de seguir para o campinho.

– Quer um pouco? – ofereceu.

– Não bebo – recusou Dolores.

– Não sabe o que está perdendo! – retrucou. – Isso aqui mata até verme.

Dolores sorriu. A crueza do rapaz a intrigava.

— Bem, vamos ao que interessa! — disparou Ulysses antes de se sentar ao lado de Dolores. — Sei que me quer.

A moça não respondeu. Concentrou-se em não desviar o olhar, disfarçando ao máximo suas inseguranças. Ulysses não perdeu tempo: aproximou-se e beijou-lhe os lábios. Dolores, com ambas as mãos, segurava na tábua da arquibancada como podia, tentando conter o coração de saltar-lhe à boca. Sorrateiramente, Ulysses posicionou uma das mãos em sua perna e, antes que Dolores pudesse reagir, tocou o espaço entre suas coxas. A pequena sequer abriu os olhos — desfaleceu ali mesmo, com os dedos do rapaz dentro de si.

Mal o corpo de Dolores recostou contra a madeira da arquibancada, Ulysses já expunha as nádegas para a lua. Com um sorriso no rosto, se posicionou entre as pernas da moça, puxou sua calcinha para o lado e estava prestes a penetrá-la quando ouviu um grito vindo do meio de campo. Ao se virar, deu de cara com Vinícius, um jovem rapaz que não tinha absolutamente nada de extraordinário. Contínuo, passava a maior parte do tempo correndo de um lado para o outro, movendo as correspondências e notas do escritório onde trabalhava e fazendo visitas ao banco. Após um longo dia de trabalho, decidiu cortar caminho pelo campo para chegar em casa mais rápido.

— Moça! Moça! A senhorita está bem?! — perguntava Vinícius, enquanto chacoalhava o corpo imóvel de Dolores.

— Ela não vai acordar — disparou Ulysses, rindo pelo canto da boca. — Essa aí é a Dolores.

— E por que não? — questionou Vinícius.

— Ora rapaz, a Dolores sofre de calores — respondeu o mandraqueiro.

Foi como se tivesse falado com a parede. Vinícius ainda se esforçava, com o intuito de despertar a donzela.

— Escuta rapaz, tu ainda tem espinha na cara, então vou dar-lhe a letra: a Dolores é uma senhorita fina, educada, uma dama. E não é permitido às damas sentir nenhum calor. Então, toda vez que suas partes esquentam, ela desfalece. Compreende?

— Não — respondeu secamente o jovem rapaz.

— Ela tem tara! — emendou Ulysses, incisivo.

Mas nada: Vinícius continuava a chacoalhar a moça e chamar pelo seu nome.

Ulysses insistiu:

—Não se preocupe, ela acorda por si própria. Depois do fato.

— Que fato? — indagou Vinícius, confuso.

— Ora, acha que estou com a bunda pra lua porque gosto de sentir frio? — riu-se Ulysses. — Essa é a permissão da Dolores. Ela desmaia justamente para os homens se aproveitarem dela, daí ela pode consumar o desejo. Só assim ela pode ter o coito, todo mundo na cidade sabe.

Vinícius não sabia. Não sabia o que dizer, nunca tinha escutado algo tão absurdo. Apenas se ergueu e, se colocando entre Ulysses e Dolores, soltou um abafado “Não”.

— Vai dizer que não acha a moça atraente? — perguntou Ulysses, se aproximando. — Eu até deixo você ir primeiro, mas depois sou eu. — completou.

— Não — repetiu Vinícius, dessa vez em alto e bom som.

Mas Ulysses não se deu por vencido, reiterou:

— Se não for, eu vou.

— Não, pomba! — gritou Vinícius, agora num tom ameaçador.

Mas o velhaco, bunda de fora, riu-se novamente, achando graça da ingenuidade do garoto.

— Eu vou contar! Vou espalhar pra todo mundo! — berrou Vinícius, tentando secar o riso do infame.

Mas sem efeito.

— Todo mundo sabe, essa é a tara de Dolores — argumentou o primeiro.

— Eu vou contar de você, do tipo de homem que você é.

Impasse. Ulysses tentou conciliar, remediar a situação.

— Escuta: você é um garoto ainda, não entende de fantasia, não entende de mulher.

Mas suas palavras surtiram o efeito contrário. Enfurecido, Vinícius rebateu:

— E você... É UM ANTIQUADO! — e ergueu os punhos, pronto para a altercação.

Ulysses não esperava por essa. Derrotado, abotoou as calças e deixou o campo com o rabo entre as pernas. Horas depois, Dolores acordou, com o rapazote ainda a seu lado, a zelar por sua segurança.

— Você... — balbuciou Dolores.

— Vinícius. Muito prazer.

— Todos me abusaram. Todos. Você foi o único que não.

Atônito, Vinícius procurou as palavras.

— Não posso. Não pude, não poderia. Você é fina, é de outro nível. Eu, não. Sou apenas um contínuo.

Dolores colocou a mão do rapaz entre as suas. Vinícius a ajudou a se levantar. Sob a luz da lua, caminharam juntos para sua casa. Nunca mais se separaram.

Menos de um mês depois, estavam casados.

INVEJA

• GREGÓRIO •

Gregório era o crítico do jornal local, um rapaz sem talento algum que detinha o pequeno poder de uma coluna diária e de uma capa do caderno de cultura. Sobrinho do editor-chefe, estava livre das amarras e condições impostas aos outros no que se referia à produção de um conteúdo de qualidade. Encarregava a si próprio de revisar obras teatrais, exposições, artigos literários e, na falta destes, o comportamento da elite carioca e paulistana. Segundo minibiografia de sua coluna, era um profundo intelectual e *connoisseur* de arte, o que poderia explicar o porquê de nenhum trabalho literário, visual ou performático estar à altura de seu gosto.

• NELSON •

Nelson era um escritor de carreira. Quando jovem, também teve seu nome incluído em materiais de imprensa. Jornalista de formação, trabalhou anos como repórter policial, o que lhe proveu a experiência necessária para compreender o melhor e o pior da natureza humana. Devido a uma enfermidade, passou a escrever de casa — crônicas que alimentavam a imaginação dos ávidos consumidores do jornal. Nelson expunha com maestria as feridas da sociedade e deixava a cargo de outros colocar o dedo ou não. Seu talento para o drama e para a tragédia o levou a escrever peças de teatro e, com o dinheiro ganho, pôde, finalmente, se dedicar ao longo e ardoroso trabalho de escrever romances.

• CRÍTICA •

O último trabalho teatral de Nelson acabava de entrar em cartaz e a renda deste proveria os fundos necessários para a publicação e distribuição de seu próximo livro. O encarregado de avaliar tal obra? Gregório. Este não perdeu tempo: utilizou-se de suas credenciais para reservar um lugar na primeira fila no fim de semana de estreia. No dia seguinte, acordou com as galinhas, retirou da prensa a primeira edição do jornal e, com a cópia debaixo do braço, foi bater na porta da casa do famoso autor.

— Quem é? — indagou Nelson, sem abrir a porta.

— Gregório — respondeu.

— Desconheço.

— Gregório Guimarães, colunista.

Silêncio. Gregório só via a porta diante de si. Pensou que talvez Nelson estivesse se vestindo para a ocasião, mas, após esperar uns bons vinte minutos, decidiu bater novamente.

— Quem é? — perguntou Nelson mais uma vez.

— Tenho aqui a crítica de sua peça, Nelson. Trouxe pessoalmente.

Ainda de roupão e com cara de poucos amigos, Nelson recebeu o rapaz.

— Se me permite — disse Gregório, mostrando o jornal em sua mão.

Nelson, deixando a porta entreaberta, adentrou a própria casa sem qualquer resenha ou mesura. Sentou-se em uma confortável cadeira de couro que tinha em seu escritório e agarrou a xícara de café que bebia antes de ser interrompido. Com a outra mão, tomou posse de um jornal e continuou a ler. Gregório entrou no cômodo e, admirado, fez comentários a respeito dos livros que via nas estantes.

— Este é o famoso revólver calibre 38? — perguntou, encarando o artefato que repousava em cima da mesa, perto da máquina de escrever.

Mas Nelson não respondeu. Continuou sua leitura como se o rapaz não estivesse ali.

— Nelson, mas este jornal é de ontem! E está a ler o caderno de esportes! — exclamou, com um estranho entusiasmo. — Toma! Aqui! O caderno de cultura!

Nelson ergueu os olhos. Gregório esticava a ainda quente e recém-impressa seção cultural do jornal da cidade. Nelson pegou o papel das mãos do rapaz e pôs-se a ler enquanto o outro se acomodava em uma otomana perto da porta.

— Tenho certeza que vai achar minha crítica brilhante! — comentou Gregório, olhos fixos no autor.

Nelson leu para si mesmo, de vez em quando murmurando uma palavra ou outra que lhe chamava a atenção. Ao final, a conclusão:

— "...de forma geral o autor se mostra profano, mórbido e de mau gosto, enfim, sem condições de exercer a profissão de dramaturgo."

Mal terminou a sentença, Gregório já interpelava:

— Então? O que achou?

— Do quê? — indagou Nelson.

— Da minha crítica, ora!

— Mediana — respondeu o mestre, recostando o jornal contra a perna.

A resposta resultou numa longa regurgitação verbal por parte do colunista:

— O quê?! — questionou, incrédulo. — Você leu tudo? Prestou atenção? Você há de concordar que seu trabalho é exagerado, portanto, melodramático. E sua obsessão por assuntos de cunho sexual? Absolutamente não é uma obra para a família. Sequer é um texto para se ler aos domingos. Ou você acha que essas suas histórias fazem brotar um sorriso no rosto da plateia? Não. Sexo, masturbação, abuso, violência contra a mulher, insinuações de necrofilia, desrespeito à religião cristã, muito desrespeito, diga-se de passagem. Quer o quê? Criar um sentimento de desconforto? O sujeito já trabalha a semana inteira, enfrenta engarrafamento, ônibus lotado, chefe chato, um ofício... Repetitivo, entediante, volta pra casa pra ter que lidar com família, contas, problemas... O cara já tá cheio! A xícara já tá derramando! Aí chega o fim de semana, um esforço pra sair de casa, ele decide levar a mulher no teatro, relaxar um pouco. Mas não... É ator e atriz sem roupa no palco, se beijando, se tocando... PUTARIA! É ISSO QUE É!

Gregório suava. Era a primeira vez que alguém tinha criticado seu trabalho. Caminhando de um lado para o outro, continuou:

— Vamos, lê mais uma vez. É uma segunda ou uma terceira leitura que permite descobrir as nuances de um texto. É uma boa crítica, tenho certeza. Talvez minha melhor até agora.

Mas não. Nelson apenas encarava, aguardando nem ele mesmo sabia o quê.

— Vamos, Nelson... Essas suas histórias são absurdas. Você diz que são inspiradas na vida ao seu redor, mas na verdade um autor, através de seu texto, fala mais dele do que do mundo. Não?

Silêncio.

— Escuta, e se... Eu te desse algumas ideias? — murmurou Gregório. — Eu te digo o que escrever e... e você coloca no papel. Seria perfeito. Uma parceria, Nelson. Eu e você. Olha, eu tenho umas ideias... de primeira classe, Nelson, primeira! Seria sucesso na certa. Você escreve e a gente divide os créditos. O que acha?

Silêncio. Gregório, inquieto, cozinhava dentro do terno. Nunca tinha se sentido tão angustiado.

— Eu uso minhas conexões, Nelson. Coloco pra frente, ponho no mercado, batata!

Mas nada, nenhuma resposta de Nelson, nenhuma reação do homem. De súbito, o colunista se jogou a seus pés e com força beijou-lhe os lábios. Ao se afastar, confessou com lágrimas nos olhos:

— Sempre te amei, Nelson, sempre. Desde a primeira vez que te li.

Os próximos segundos pareceram horas. Nelson calmamente se levantou, olhou o jovem nos olhos e, taxativo:

— Um crítico é um sujeito que inveja, não sabe amar. — E, apontando para a saída, finalizou: — Se me permite.

Gregório não conseguia se mexer. Era como se seus pés tivessem criado raízes no chão. Nelson deixou o escritório, caminhou até a porta da frente e, assim que a abriu, ouviu um estalo. Confuso, ainda deu um ou dois passos antes de desabar nos degraus da entrada de sua casa. Atrás dele, Gregório empunhava o velho revólver calibre 38, elemento tão marcante nas crônicas e matérias do autor.

• NOTA •

No outro dia, a capa do caderno de cultura estampava uma foto mais que privilegiada de Nelson esparramado e coberto de sangue. A manchete, em caixa alta e negrito, lia: "MORRE O ANJO PORNOGRÁFICO! – assassinado na porta da própria casa, como um dos muitos personagens de suas histórias."

A MENINA SEM ESTRELA

Olha você. Eu. Não era pra ser. Nasci prematura. Infinitamente miúda. Sem movimento. Sequer podia respirar. Incapacitada. Uma alma. Dentro de uma casca quebrada. Escorrendo.

Meu pai perguntou:

— Há esperança? Quero a verdade, nada mais.

— Não — disse o médico.

Essa era a minha vida. Nada para dar. Além de minha presença. Um peso. Um fardo. Numa cadeira de rodas para facilitar a movimentação.

— Carrega a Daniela.

Meus olhos azuis não tinham vida. Olhos negros. Como os de cegos. Numa história escrita pelo meu pai.

A morte numa família é um peso para todos. Quem morre, se vai. Mas o que fica é dividido. Entre todos os restantes. Somente em alguns casos, quando já se está perto do fim, é um alívio.

Carregam o corpo. Os familiares. Talvez alguns amigos. Depositam em cova profunda. Uma oração e algumas palavras. Por cima, terra solada. Uma bonita lápide. Depois, é com o tempo. Quiçá um dia conseguem esquecer.

Eu fiz Nelson chorar. Eu fiz Nelson Rodrigues chorar. Sabe você o que é isso? Sabe você o que é vexar o "anjo pornográfico"? E não foi lágrima escondida, não. Lágrima transviada por lenço posto de volta no paletó. Eu fiz ele chorar copiosamente. Soluços ouvidos por todo o edifício. Lágrimas sem retorno. Como um rio que deságua no mar. Ele não sabe. Mas eu sei.

Eu. Um corpo numa cadeira. Transformei a vida ao meu redor. Fiz minha avó. Uma senhora. Personagem de colunas sociais. Subir de joelhos. Os 365 degraus. Da Igreja da Penha.

Minha mãe. Todas as noites. Também ajoelhada. Massageando minhas pernas sempre geladas. Devido à má circulação. Meu pai. Todas as noites. A observar.

Jantar na minha casa era à luz de velas. Um funeral adiantado. Todos aguardavam. Ansiosos. O dia de minha prematura partida.

Mas nem tudo era tão triste. A oposição e a adversidade também têm a sua verdade. Elas uniram meu pai e minha mãe.

União. Fundada na solidão de quem enfrenta uma batalha. Eu era uma causa. Um propósito. Uma missão. Comigo por perto, minha mãe pôs meu pai na linha. O convenceu a usar óculos. Tentou que ele abolisse os suspensórios. O ensinou a tomar banho direito. E às vezes, ela entrava no chuveiro, para que eles se lavassem juntos. Purgavam seus pecados. Uma forma... de amor.

NATAL

• NATAL •

Natal era um rapazote de beiço entumecido, nariz chato e cabelo crespo. Seu verdadeiro nome era Antônio Olindo, mas recebeu o apelido "Natal" ainda criança, consequência de um bizarro desejo: quando perguntaram o que queria ser quando crescer, o menino respondeu:

— Papai Noel!

A chacota foi tremenda.

— Mas você é negro! Onde já se viu!

A alcunha colou e todo mês de dezembro a molecada e os adultos do bairro faziam graça às custas do rapaz.

• CASO •

Caso era que Olindo era pobre. Pobre e negro. Todos os natais, via na televisão o “bom velhinho” a distribuir presentes para as crianças do mundo todo. No entanto, o “mundo todo” parecia não incluir as favelas ou a periferia. Olindo nunca ganhava presente algum, não importava o quanto se comportasse. Todo dia 25 de dezembro a história se repetia: os meninos brancos do bairro desfilavam seus brinquedos pelas ruas, exaltando a bondade do velho Noel. Parecia que apenas crianças de pele alva ou com dinheiro, o que para Olindo era a mesma coisa, tinham o endereço do Polo Norte.

• SONHO •

— Um dia mudo isso — declarou, a frustração e a raiva borbulhando dentro de si. — Não é justo!

Não era, Natal descobriu. Não ganhava presente porque sua mãe mal conseguia pagar o aluguel e colocar pão na mesa. Trabalhava o dia inteiro servindo os filhos do patrão e da madame, e sobrava muito pouco tempo para dar atenção ao filho e saber de seus problemas e inquietações. O pai, Natal nunca conheceu; bateu as pernas assim que a mãe engravidou, sem sequer dar a desculpa de que iria comprar cigarros. Mais tarde, já rapaz, é que foi descobrir que Papai Noel era o pai que ele nunca teve.

De presente mesmo, apenas o deboche e o apelido dado pelos moradores do bairro.

• NOITE DE NATAL •

Com a sobra acumulada do soldo de todo um ano, Natal iria fazer a diferença. Comprou a roupa completa de Papai Noel, botas e tudo, e desfilou pelo bairro anunciando em alto e bom som que naquele dia 25 de dezembro as coisas seriam diferentes. Tirou a troça de letra: Natal podia ser negro, mas o vermelho lhe caía muito bem. Além do mais, tinha um charme e um suingue característico da raça, coisa que velho barrigudo de pele rosada algum poderia comparar. Seu saco era de fazer inveja, grande e cheio, e Natal já tinha convencido a vizinhança a deixar as portas destrancadas na véspera.

— Este ano todo mundo vai ganhar presente! — declarou.

Dito e feito. Natal visitou cada casa e fez exatamente como nas histórias: depois da meia-noite, quando as luzes já estavam apagadas e todos a dormir. No dia seguinte, a surpresa: pela primeira vez no bairro, os meninos pobres e negros ganharam presentes. Eram simples, mas muito melhores que o pedaço de carvão deixado na meia ou debaixo da árvore dos meninos brancos e com dinheiro. Todavia, a lenda de Natal mesmo se firmou nove meses depois, quando a maioria dos meninos que zombavam dele ganharam de presente um irmãozinho ou irmãzinha. De pele escura. “Papai Noel”, nunca tinha sido tão generoso com as senhoras do bairro como Natal, o finalmente feliz... Natal.

PANDEMIA

147

• FÁTIMA •

Fátima era uma moça iraniana recém-chegada ao Brasil. Seu pai, procurando novas oportunidades, decidiu mudar-se para o Rio de Janeiro, uma vez que era fluente em português. A princípio, o choque cultural foi tremendo: todos na casa de Fátima eram adeptos da religião muçulmana xiita, conhecida por suas práticas rígidas, principalmente quando comparadas com a liberdade cultural e social carioca. Fátima, por exemplo, assim como sua mãe, tinha que usar a burca, veste feminina que cobre todo o corpo, incluindo a cabeça, o que é algo de no mínimo pouca praticidade numa cidade conhecida por suas altas temperaturas e verão o ano inteiro.

Através de uma rede que velava seus olhos, Fátima podia enxergar os homens e mulheres com seus fios dentais a dourarem seus corpos do Leme ao Leblon. A música de Fernanda Abreu fazia todo o sentido: "Rio quarenta graus, cidade maravilha, purgatório da beleza e do caos". Sim, era verdade, o Rio realmente era uma cidade de cidades misturadas, de sangue quente e que nunca parava, concluiu Fátima, com apenas alguns meses de experiência vivendo na que um dia foi a capital do país.

• PANDEMIA •

Quando o pai de Fátima tomou a decisão de mudar com a família para o Brasil, em meados de dezembro de 2019, ele não podia ter ideia do que estava por vir: no ano seguinte um vírus originário da China se espalharia por todo o globo, resultando em uma pandemia mundial. Pela falta de informação a respeito do organismo, a Organização Mundial de Saúde recomendou o uso de máscaras, o distanciamento social e a reclusão da população em suas respectivas residências. Tais medidas não caíram bem para uma grande parcela do gentio carioca, acostumado a roçar o ombro, e outras partes, em ônibus lotados e a se manter o tanto quanto possível fora de casa – geralmente populando as praias, ruas, bares e parques da cidade. Estava declarado o caos.

Fátima estava aquém à controvérsia. Praticante da religião islâmica, estava acostumada desde criança a cobrir o rosto, a evitar a proximidade com outras pessoas e a sair de casa apenas quando realmente necessário. O que mais impressionou a moça foi o intenso debate a respeito de tais questões e a capacidade do brasileiro de não obedecer a determinações estabelecidas pelo governo ou pelos seus líderes — algo inadmissível no país de onde viera, onde castigos físicos ainda fazem parte dos métodos de punição para a desobediência civil. Ainda mais estranho para uma família vinda do Irã era a irregularidade e o nível de discrepância dentro do próprio governo, onde cada um parecia não apenas ter sua opinião, mas também ser uma autoridade no assunto.

• RESOLUÇÃO •

Após um ano acompanhando o caos brasileiro, a família de Fátima, agora mais adaptada, fazia suas resoluções para o ano novo. Dois mil e vinte serviu como um longo período de reflexão e autoconhecimento, e Fátima pensava: já que seu pai impôs uma mudança para a família e procurava ele mesmo uma nova conjuntura, era justo ela também fazer algo diferente no ano vindouro. Com a aproximação do dia 31, a moça revisava uma lista de possibilidades: adicionava alguns itens, excluía outros, mas nada parecia realmente significativo.

A vida nos trópicos, e principalmente na cidade maravilhosa, apresentava uma perspectiva que Fátima nunca teria acesso no Irã. Pensou em tirar uma carteira de motorista, algo comum no mundo em geral, mas proibido a mulheres no lugar de onde veio. Todavia, Fátima não tinha um carro e, caso conseguisse um, a evidência seria por demais manifesta para que ela conseguisse esconder. Cogitou passar a virada do ano dançando e bebendo, um comportamento prazeroso, mas intolerável em sua cultura. No entanto, seu pai nunca permitiria que ela passasse a noite inteira fora e, caso bebesse, a ressaca no dia seguinte com certeza a entregaria, e a punição seria certa. Talvez uma tatuagem! Como as belas imagens impressas nos delineados corpos dos homens e mulheres da cidade. A burca a cobriria, lhe salvando da humilhação e do castigo paterno. Porém, a burca a cobriria, e qual é a graça de se ter uma tatuagem e nunca a expor a olhar algum? Ademais, caso tivesse que trocar de roupa na frente da mãe, havia sempre o perigo que ela pudesse lhe denunciar. E ainda, se no futuro se casasse com um homem da mesma fé, o que era quase certo segundo a tradição, este com certeza não lhe veria com bons olhos e poderia, assim como o pai, lhe penalizar seriamente.

• RÉVEILLON •

Eis que enfim havia chegado o dia – véspera do ano novo. Fátima fora incapaz, até aquele momento, de fazer uma resolução. Sua cabeça pesava com as dúvidas, afinal nunca fora deixado a seu encargo decidir nada em relação à própria vida. Em suas orações matinais, adicionou um pedido: um presságio divino que a guiasse no caminho de uma experiência significativa, duradoura e que a eximisse de qualquer penalidade masculina. A algumas horas para a tão famosa badalada do relógio, seu pai e sua mãe saíram de casa para uma celebração envolvendo os funcionários da empresa na qual o patriarca trabalhava. Apesar da quarentena, a grande maioria dos empregados votou para manter a clássica festa de fim de ano, e o pai de Fátima aprendeu rapidamente que, no Brasil, o avanço de carreira depende muito mais das habilidades sociais do que da competência no exercício da profissão. Sem supervisão, Fátima decidiu sair e assistir a famosa explosão de fogos de Copacabana na rua, ao invés da janela do apartamento. Não viu qualquer aglomeração, mas muitos tiveram a mesma ideia e transitavam de um lado para outro, com suas brancas vestimentas e brancas máscaras amarradas no queixo ou no pescoço. Para Fátima, não fazia diferença; sua burca cobria seu corpo por completo, com exceção das solas dos pés, que, naquela data especial, estavam em contato direto com a areia da praia.

— Nunca vi uma mulher usando burca antes — ouviu Fátima.

A alguns passos de distância, um belo rapaz negro sorria, seus dentes tão brancos quanto sua roupa.

— Ainda mais no Rio de Janeiro — completou.

— Minha família é tradicional — argumentou Fátima.

— E não pode tirar nunca? — perguntou o jovem, curioso.

— Dentro de casa — respondeu.

Conversaram amenidades e de vez em outra o rapaz perguntava sobre as tradições que Fátima seguia, intrigado pela profunda diferença cultural. Num certo momento, Fátima interpelou:

— Você não usa máscara?

— Quando é realmente necessário, tipo, em lugar fechado — respondeu o rapaz.

Fátima permaneceu calada. Não sabendo o que ela pensava, o rapaz emendou:

—É que me incomoda, sabe? É como chupar bala com papel.

Mas a moça não conhecia a expressão. Ficaram em silêncio por um tempo, até que o rapaz quebrou o gelo:

— Sabe, no Rio também temos uma tradição: temos que beijar alguém na hora da virada.

Parecia tentador, algo que Fátima nunca tinha experimentado antes. Mas, com um vírus à solta, a moça ficou com receio de se contaminar e compartilhar o mal com a família. Sem esperar resposta, o rapaz completou:

— Se quiser podemos ir para minha casa, daí você pode tirar a burca.

O carioca realmente tem uma malandragem e uma insistência incomparáveis. Então, soltou:

— Meu nome é Ali, *by the way*.

• SURPRESA •

Ali, nada mais nada menos, era o nome do genro e primo do profeta Maomé, o qual os muçulmanos xiitas consideram como seu sucessor legítimo. Fátima viu o fato do rapaz se chamar Ali não como uma coincidência, mas como o sinal divino que ela pedira em suas orações. Aproveitando a ausência do pai e da mãe, foi com o rapaz para a casa dele. Entretanto, não tirou a burca; ao contrário, pediu ao rapaz que usasse uma máscara. Exatamente à meia-noite, Fátima perdia sua virgindade com um carioca — um evento mais do que significativo, duradouro e difícil de ser descoberto. Todavia, a moça não quebrou todas as regras: tanto ela quanto Ali seguiram as recomendações da Organização Mundial de Saúde: usaram proteção tanto em cima... quanto embaixo.

O POLÍTICO

• EUSTÁQUIO •

Eustáquio era um senhor de meia-idade, ali na casa dos seus cinquenta anos. Os cabelos grisalhos indicavam maturidade, e o homem tinha uma boa lábia, sabia falar em público muito bem. Aposentado e com casa própria, podia usar o tempo como quisesse, e Eustáquio era geralmente encontrado na rua a conversar com seus conterrâneos. Tinha uma obsessão: salvar a comunidade. Apesar de não ser pastor, pregava sempre que possível os valores da família e do trabalho árduo como elementos fundamentais para atingir o sucesso na vida. E mais: era um crítico ferrenho das decisões tomadas pelos representantes no governo.

— Estão levando este país para a merda, se querem saber.

Como um analista de futebol, apontava ponto a ponto o porquê do nosso "time" não estar ganhando. E, sem que pedissem explicação, elaborava:

— Falta de visão política! Eles não têm um plano sério de governo!

Em suma, dizia que os políticos em geral eram míopes, incapazes de enxergar a longo prazo. Corruptos, queriam mesmo era enriquecer, não se importando com a dor e com o sofrimento alheio.

• DECISÃO •

Após anos criticando vereadores, deputados, prefeitos, governadores, presidentes, senadores e ministros, Eustáquio tomou uma decisão:

— Vou me candidatar! — anunciou.

A princípio, a população não levou muito a sério; Eustáquio já havia ladrado a possibilidade antes. Mas dessa vez seria diferente: se afiliou a um partido político e começou a dialogar com futuros apoiadores e adversários. Seu plano de governo envolvia a mesma promessa de outros: investimentos na saúde, segurança e educação. Seu método é que seria distinto:

— Já tenho segurança financeira, meu sonho agora é desenvolver a comunidade.

Ia de casa em casa tomar cafezinho com as comadres e com os compadres, explicava com detalhes que o individualismo não trazia ganho futuro, que o segredo era a união de todos e o trabalho em conjunto, como uma família.

• CAMPANHA •

Chegada a época da campanha oficial, Eustáquio vestiu a própria camisa. Eram beijos e abraços, apertos de mão, horas no palanque a discursar os valores perdidos da pátria amada. A oposição, segundo o candidato, tentava derrubá-lo, queriam manter o "esquema", o "toma-lá-dá-cá".

— Estão com medo! — bradava. — Vai acabar a mamata!

Era certo que representantes já eleitos e outros a concorrer queriam negociar, mas Eustáquio estava acima destas pequenezas.

— Não vou fazer o jogo deles!

Pediu o apoio dos amigos, trouxe a esposa e os filhos para o holofote:

— É para isso que lutamos! Para resgatar a boa família brasileira!

Também investia nas mídias sociais: todo dia era uma nova mensagem inspiradora, uma ode à honestidade, à esperança e a um futuro brilhante para todos. Algumas línguas diziam que Eustáquio era narcisista, que queria ser prefeito porque se achava melhor do que os outros e tinha lá um “quê” de ser adorado; mas eram más línguas.

— Intriga da oposição — argumentava.

• RESULTADO •

Eustáquio saiu das urnas com um sorriso largo no rosto, posou para fotos e foi para casa se reunir com seus partidários. A contagem seria no dia seguinte e, com ela, a voz do povo seria finalmente ouvida. Apesar de uma certa ansiedade, permanecia confiante.

— Fiz minha parte, apresentei a melhor proposta — declarou para o jornal local.

Iniciada a contagem, todos estavam a roer unha. As eleições no município onde se candidatou eram sempre apertadas; a cada quatro anos, apenas uma pequena margem de votos fazia a diferença. Todavia, logo após o meio-dia já telefonavam para Eustáquio para informá-lo que ele não teria chance: o candidato da oposição já tinha mais da metade dos votos.

Foi um choque, claro. Eustáquio não conseguia compreender; tinha certeza de ter feito todo o possível, apresentado um plano detalhado de governo, feito promessas quc tinha intenção de cumprir. Foi nas casas, mandou mensagens, fez até *lives*. Ademais, o outro estava se candidatando à reeleição e era um notório ladrão, todos sabiam.

O que Eustáquio falhou em perceber é que política é um concurso de popularidade, e o populacho sabia que ele traía a esposa há anos — o que fazia dele tão míope e desonesto como os demais. E desonesto por desonesto... "não se mexe em time que está ganhando".

ADULTÉRIO

• GONÇALO •

O nome não fazia jus. Gonçalo não era um nome... "suave", indicativo de sua personalidade ou de seu comportamento. Não soava nem um pouco como *Don Juan* ou *Casanova*. Em todo caso, o rapaz tinha a fama de um grande sedutor. Talvez, com até mais conquistas do que os renomados exemplos da literatura espanhola e italiana. Com feições atraentes e um carisma acima da média, Gonçalo se aproximava de toda e qualquer pequena, jogava conversa fora, fazia gentilezas, era prestimoso, presente, e se elas dessem abertura... batata! Ele as levava para a cama.

• LURDES •

Lurdes era uma bela moça. Todavia, era ingênua, quase uma matuta. Sua mãe a mantinha entre quatro paredes, fechada, dentro de casa, quase numa bolha. A velha senhora tinha consciência que da porta para fora era terra de gavião. Religiosa, fazia questão de proteger a filha — ensinava os mandamentos cristãos e acentuava o valor da castidade.

— Mulher que perde a virgindade antes do casamento é igual chiclete mascado, ninguém quer — anunciava de tempos em tempos, sem que ninguém perguntasse.

Lurdes, ao contrário dos irmãos, não sabia do mundo, só do que lia em livros.

— Seu trabalho é estudar, tirar nota dez — repetia sua mãe toda vez que a menina pedia para sair, pensando no futuro que desejava para a filha.

Obediente, Lurdes mergulhava a cara nos cadernos, tirava dez em todas as matérias. Orgulho da mãe.

• MAIORIDADE •

Assim que Lurdes completou 17 anos, sua mãe começou a perguntar de faculdade. "Aonde vai estudar?", "Que curso pretende fazer?", "Olha, é uma decisão para a vida toda!", pressionava. Mas a menina não sabia, não fazia ideia do que queria da vida. Tinha muito pouca experiência prática, quase nenhuma. A infância inteira, foi da casa direto para a escola, da escola direto para a casa. A única exceção aos domingos, dia de missa. Mas ia e voltava acompanhada da mãe. A senhora, avaliando a situação, decidiu dar à filha um pouco mais de liberdade. Só um pouco.

— Muito bem, pode sair. Mas é pra ver o que gosta de fazer, escolher uma profissão! — declarou, enfática.

E lá foi Lurdes, quase uma mulher, de corpo formado e tudo, ter contato com o mundo exterior. Apenas um par de horas, dia sim dia não, e sob vista dos irmãos. Quando chegava em casa, a mesma rotina:

— Então? Decidiu?

— Ainda não — respondia a moça.

Passados 11 meses, a matriarca acostou a filha:

— Lurdes, é hora! O que pretende fazer?

De fato, depois de passar todo aquele tempo longe da vigilância zelosa da velha, Lurdes tomou uma decisão:

— Vou me casar! — anunciou.

Choque.

— Como?! Com quem?! — indagou a mãe, incrédula.

— Com o Gonçalo — revelou Lurdes.

O queixo da senhora foi ao chão. Era demais, e ainda com este tipo, um rapazote de má fama.

— Te proíbo! — esbravejou a velha.

Mas não havia jeito.

— Em um mês tenho 18! — explodiu a jovem. — Farei o que quiser!

Era verdade. Com a maioridade, a moça escapava ao controle, poderia fazer da vida o que bem entendesse. Desesperada, a mãe ainda tentou argumentar:

— Não faça isso minha filha, pelo amor de Deus. Este Gonçalo é mulherengo, vai te arruinar a vida.

Mas Lurdes não deu ouvidos:

— Comigo ele vai ser diferente.

• CASAMENTO •

Foi a muito contragosto que dona Alva acompanhou a filha ao casamento. O pai de Lurdes, uma figura para todos os efeitos ausente, sequer se pronunciou a respeito — cochilava num dos bancos da igreja, como se a filha não fosse dele. Os irmãos também não se importavam: só tinham que este tipo de festa era a perfeita oportunidade para atrapar algumas pequenas. Ao contrário do costume, Lurdes foi a primeira a chegar.

— Isto é mau sinal — soltou a matriarca, pelo canto da boca.

— Ele vem de longe, mamãe — justificou a filha.

Passados trinta minutos, apareceu Gonçalo, sorriso no rosto como se não estivesse atrasado. A caminho do altar, ainda fez fita — cumprimentou conhecidos, abraçou amigos e até a sogra beijou antes de finalmente dar um alô à noiva.

— Vamos começar? — falou para o padre, indicando que estava pronto para a cerimônia.

O resto foi como de praxe: votos de amor e fidelidade, apenas uma bitoca na noiva para não criar desavença com a sogra, o buquê para os convivas e muito arroz por sobre o cabelo em direção à saída. Lurdes era pura alegria; seu coração palpitava de emoção. A lua de mel que foi um pouco estranha: Gonçalo saía todos os dias para pescar e só retornava à tardinha, sol quase se pondo, com dois ou três peixes minguados. Mas Lurdes não sabia, não fazia ideia de como uma lua de mel deveria ser. De seu pai, mal recordava a voz; sua mãe nunca iria conversar com ela a respeito de tais coisas; e os irmãos... Ah, os irmãos só lhe dirigiam a palavra para lhe provocar ou tirar sarro.

— É coisa de homem — sua mãe defendia, vez ou outra, quando Lurdes chiava.

Um mês depois do casamento, Lurdes já estava grávida. Seria mãe. Bela, a maternidade, mas os sonhos de dona Alva para a filha iriam por água abaixo. A moça não se importava; seus olhos cintilavam, sentia que tinha algo que nunca teve em sua família — era... amada. Mas o que sabia Lurdes do amor? Nada. Nunca lhe ensinaram, e o tema não se aprende em livros.

O parto foi só entre ela e o marido. Decidiram ir para um hospital na capital, onde os recursos eram mais favoráveis a um procedimento seguro. Nascido o filho, Gonçalo deixou a esposa.

— Tenho que trabalhar!

Já tinha tirado dois dias de folga para acompanhar a vinda ao mundo de seu primogênito. Com o filho nos braços, Lurdes pegou um táxi e foi para casa. Achou aquilo meio estranho, mas o que sabia Lurdes de casamento? O assunto é outro que não se aprende com literatura. Até confidenciou o acontecido à mãe, mas esta lhe respondeu:

— É coisa de homem, eles são assim mesmo.

A vida seguiu. Gonçalo trabalhando e Lurdes criando o filho. Poderia ter alguma ajuda do marido, mas não queria incomodar. O homem passava o dia inteiro fora, só chegava à noitinha; cansado, o coitado. Mal o futuro varão completou um ano e Lurdes estava grávida de novo. Era cedo, mas não tinha mais jeito.

— Tomara que desta vez seja uma menina. — Sonhava.

Nove meses depois, a resposta: sexo feminino, graças a Deus.

Dessa vez o parto foi num hospital local; Lurdes já tinha experiência. Gonçalo mencionou trabalho, mas a mulher bateu o pé. O marido a levou para casa e só continuou com a rotina no dia seguinte. Com dois rebentos necessitando cuidados, Lurdes decidiu pedir auxílio à mãe que, generosa, não apenas lhe cedeu a mão, mas também ofereceu alguns conselhos: "Vida de casado é assim"; "Mulher tem que ser prestativa, forte"; "Não aborreça seu marido, mulher que chia acaba sozinha". Os irmãos apareciam de vez em quando, Lurdes cozinhava para toda a família. Cozinhava e lavava os pratos. Cozinhava, lavava os pratos e trocava as fraldas das crianças. Cozinhava, lavava os pratos, trocava as fraldas e limpava a casa. Cozinhava, lavava os pratos, trocava as fraldas, limpava a casa e trabalhava – filho não é barato; Lurdes também tinha que ganhar algum dinheiro para ajudar com as contas. Vida dura, mas feliz. Afinal, era mãe e tinha casado com o garanhão da cidade.

• MATURIDADE •

Com os filhos crescidos, Lurdes poderia gozar um pouco mais de liberdade e descanso. Fazer um pouco mais das coisas que gostava, quem sabe até voltar a estudar. Mas só um pouco: mãe é uma "profissão" sem salário ou aposentadoria. Também poderia passar mais tempo com o marido, namorar como quando era jovem – toda mulher, até as mais duras, tem sonhos que envolvem escapadas românticas. Todavia, a realidade não era como os livros ou como os filmes. Gonçalo, como a maioria dos homens, tinha fantasias de grandes conquistas profissionais e passava a maior parte do tempo... trabalhando.

– Vamos, meu amor? Viajar juntos? Um fim de semana só entre nós dois? – sugeria a esposa.

– Agora não é um bom momento. – Era a resposta que geralmente ouvia, ou: – Em breve.

Mas o tal "bom momento" nunca aparecia. O marido sempre tinha algo a fazer, um problema a solucionar, um negócio que necessitava de sua atenção. Quando viajava, ia sozinho.

– Estou indo a trabalho – justificava.

Lurdes lembrava dos conselhos da mãe: não chiava. Pegava um livro ou assistia um filme, saía para caminhar, passava o tempo como podia, esperando pacientemente pelo retorno do marido. Quando este finalmente dava as caras, os olhos de Lurdes novamente cintilavam.

— Poderíamos sair para jantar, que tal?

— Amanhã. Hoje estou muito cansado.

Lurdes esquentava algo para Gonçalo, que comia e ia se deitar.

Os anos passaram, os filhos saíram de casa e Lurdes ficou só com o marido. Ou só, porque este, apesar da idade, ainda viajava a trabalho. As comadres comentavam, mas Lurdes nunca foi de dar ouvidos a fofocas. Além do mais, histórias de comadres são por demais fantásticas para serem verdade.

Foi por uma sorte do destino, ou azar, que um dia Gonçalo esqueceu o telefone no banheiro — tinha a mania de usar o maldito aparelho até quando ia evacuar. De calças baixas e entediada, Lurdes começou a futucar o dispositivo. Achou estranha a quantidade de ligações e mensagens na memória do tal troço, mas a agora senhora, velha como um dia foi a sua mãe, não tinha nenhuma familiaridade com tecnologia. Entretanto, algo lhe chamou a atenção: colegas de trabalho não usam apelidos carinhosos como “querido”, “amoreco” ou “gatão”. Que raios era isso? Indagou para si própria.

Incapaz de fazer sentido, questionou o marido.

— Não sei do que está falando — foi sua resposta imediata, retirando o telefone das mãos da esposa.

Mas a mulher insistiu:

— Quero uma explicação! — bateu o pé.

— Isso não é nada — continuou Gonçalo. — Você fica ouvindo as histórias dessas vizinhas mal-amadas, dá nisso. Elas querem colocar minhoca na sua cabeça, acabar com o nosso casamento — alertou.

Um a zero para o senhor Gonçalo. Mas Lurdes não se deu por vencida. À noite, enquanto o homem dormia, pegou seu telefone e passou um pente fino — vasculhou cada um dos aplicativos e olhou todas as fotos da galeria, até as que estavam na lixeira do aparelho. Choque. A lista de evidências era extensa.

Ao que parecia, o casamento não impediu o jovem garanhão de expandir seu território de conquistas; pelo contrário: com um porto seguro para onde voltar, o homem navegou sem medo, aportando até mulheres de outros países. Enfurecida, Lurdes acordou o marido. Esperneou, esbravejou, pediu, em prantos, explicações, em um misto de tristeza e fúria.

— Você está louca! — se defendeu Gonçalo, procurando desesperadamente pelo telefone.

Mas Lurdes o havia escondido.

— Não devolvo, ele agora é meu! — gritou.

— Não fiz nada, eu juro!

Gonçalo era veemente. Mas Lurdes, que tinha três irmãos dos mais safados, lembrou das muitas conversas que eles tinham entre si: "Você jura de pé junto, nega, vai pra cova sem admitir o erro"; "Mulher acredita em qualquer desculpa, é só insistir"; "Escuta: jamais diz a verdade, senão é o fim".

E, no calor do momento, pôs o marido para fora de casa.

• CONCILIAÇÃO •

Lurdes estava resoluta:

— Não volto! — gritava da janela.

Gonçalo chorava, olhos já vermelhos, a camisa empapada de lágrimas.

— Me dá uma chance, eu vou mudar! — implorava de joelhos.

— Quero o divórcio! — explodia a esposa, tomada pela indignação.

Mas o homem insistia:

— Não faz isso, meu amor!

Os vizinhos, estarrecidos, assistiam a tudo de camarote; era uma cena. Lurdes não entendia. Se tinha tantas, por que queria continuar casado? Teria a liberdade para fazer o que quisesse, ficar com as amantes, ir e vir sem dar satisfação.

— Porque te amo! — declarava o marido em alto e bom som para todos ouvirem.

— Some da minha vida! — rebatia a mulher, vermelha de raiva.

Foi assim, dia após dia, por uma semana inteira. Gonçalo gritava do meio da rua, ligava, mandava mensagens, parecia caso de vida ou morte. Lurdes rechaçava, uma a uma, as investidas do descarado – lembrava da mãe, que a tinha avisado.

Na semana seguinte, o energúmeno não apareceu. "Deve estar com outra", pensou Lurdes. "Faz muito bem em me deixar em paz; antes só do que mal acompanhada." Mas sentiu falta do cafajeste. Sua cabeça não a deixava em paz – só pensava no pilantra, amor de sua vida. Gonçalo foi seu primeiro, tinha dois filhos com o crápula e décadas de matrimônio. Sim, tinha sido ausente, mas pelo menos à noitinha voltava para casa ou, se estivesse viajando, ligava para dizer boa noite.

Lurdes estava dividida. O que fazer? As vizinhas se pronunciaram:

– Larga este homem! Você merece alguém melhor!

Mas a mulher sabia: estava velha. Começar um relacionamento agora? Na terceira idade? E os filhos? Como reagiriam? Acalmados os ânimos, começou a lembrar dos momentos de carinho do marido; ele não era de todo mal. Sim, a tinha traído, mas pediu perdão, de joelhos! Carregou a cruz na frente de todo o populacho, suportou as pedras e as cusparadas e, ao final, declarou o seu amor. Ainda que devido a circunstâncias menos do que favoráveis, Lurdes finalmente viveu uma fantasia romântica – um Romeu maltrapilho embaixo de sua varanda pedindo uma reconciliação. E foi assim que Lurdes aceitou Gonçalo de volta e se descobriu, aos 65 anos, uma mulher... de malandro.

PRAGMÁTICO

• EUGÊNIO •

Chato. Eugênio era chato. Tudo tinha um jeito certo de fazer. Nenhum dos seus relacionamentos jamais deu certo — Eugênio não suportava toalha fora do lugar. Se a mulher deixava a calcinha cair no chão, mesmo que fosse antes de transar, Eugênio comentava:

— Joga direto no cesto. Não vai usar de novo, vai?

Tremendo pentelho. De vez em outra, o populacho dizia em voz alta para ele ouvir:

— Isso aí é TOC!

Transtorno Obsessivo Compulsivo. Mas o rapaz prontamente corrigia:

— Sou: eficiente.

E Eugênio corrigia. A torto e a direito. Dava conselho para quem tivesse ouvidos para ouvir, mesmo que não fosse consultado. Parecia... saber de tudo.

• PRAGMATISMO •

O fato é que Eugênio teve uma criação rígida: desde criança não podia cometer erros.

— Não quer ser criticado, faz direito — repetia sua mãe, até quando o menino lavava a louça. — Comeu? Já tira a mesa. Tirou? Aproveita para lavar. Agora enxuga e guarda, que daí você não precisa fazer isso depois — sugeria sua mãe.

Esse era o lema: fazer tudo bem-feito e imediatamente, ter excelência até quando limpar o chão.

— Estou te preparando para a vida! — bradava a senhora, acreditando piamente que o mundo é meritocrático.

Já do pai, ouvia:

— Isso aí dá dinheiro? Não? Então está fazendo pra quê?

Atividades comuns entre meninos de sua idade eram vistas pelo patriarca como uma perda de tempo. Futebol, música, cinema...

— Isso aí não vai te levar a lugar algum — dizia o velho, um sério engenheiro que via o mundo como uma equação matemática. — Pense no seu futuro, seja prático! — ensinava.

Mas há sempre um lado positivo: quando Eugênio se envolvia com algo, ele realmente buscava a perfeição. E foi assim que o rapaz se tornou um mestre de *cunnilingus*, sua arma secreta embaixo dos lençóis. Como a maioria dos rapazotes não se preocupava em dar "atenção" às meninas – acreditavam que transa boa é tipo... "bate--estaca" –, Eugênio supria essa carência do mercado. E era por isso que o rapaz ainda tinha qualquer vez com as pequenas. O problema mesmo era lidar com Eugênio num relacionamento a longo prazo, fosse trabalho, amizade ou namoro – crítica, é algo que cansa.

• ESMERALDA •

Esmeralda era uma moça romântica, sonhadora, sempre via o melhor de cada um. Para todos os efeitos, muito pouco... prática. Não perdia um só capítulo de suas novelas e aspirava um dia ter "Um grande caso de amor". Quando conheceu Eugênio, ao esbarrar nele quando atravessava a rua – porque tinha isso: Esmeralda, além de romântica, era desajeitada –, viu no rapaz um galã, apesar do moço não ter traços marcantes ou um corpo atlético. "Coisa do destino", pensou. Não teve dúvidas: sorriu seu sorriso mais largo, pediu desculpas e se apresentou. A princípio, Eugênio não deu muita atenção; tinha outras coisas na cabeça. Mas Esmeralda de boba só tinha a cara, e o rapaz iria descobrir num futuro bem próximo uma extraordinária incapacidade de dizer "não" à moça.

• NAMORO •

Eugênio não sabia o que tinha visto em Esmeralda. Ela era o contrário dos atributos que ele considerava importantes numa mulher. Além disso, o comportamento da pequena conflitava diretamente com as diretrizes de praticidade do rapaz. Esmeralda não deixava a toalha fora do lugar; não, deixava absolutamente tudo o que tocava espalhado pela casa. Vivia uma vida sem preocupações, a cabeça nas nuvens a sonhar com ilusões efêmeras de pouco resultado. Certo dia, por exemplo, apareceu em casa com um cachorro.

— Olha que gracinha, podemos ficar com ele? — disse, já dona do filhote, o segurando no colo como um bebê.

Se houvesse uma foto da expressão de Eugênio naquele momento, diriam que lhe bateram na cara. Mas Eugênio não podia, não conseguia "endireitar" a moça, por mais que tentasse. Esmeralda até dizia que iria fazer um esforço, mas a moça tinha uma memória curta — segredo de sua perene felicidade.

• TRAGÉDIA •

Por mais que Esmeralda "atrapalhasse" a vida de Eugênio, o rapaz era feliz e se via pouco a pouco desistindo de corrigir a moça ou outras pessoas. A pequena, apenas com sua presença, estimulava Eugênio a ser mais... "tolerante". Com o passar do tempo, até mesmo o cachorro ganhou espaço na vida objetiva e prática do rapaz. Pela manhã, o casal saía para passear com o filhote, coisa de trinta minutos, para que ele pudesse urinar e evacuar. De tempos em tempos, Eugênio se insurgia contra a rotina:

— Tenho coisas a fazer! — reclamava, não querendo se envolver com as necessidades do bichinho.

Mas Esmeralda sorria, apontava para a cara tola do cão e argumentava:

— Você tem que se lembrar que ele é apenas um bebê. E olha como te ama.

Eugênio grunhia e rosnava, mas em vão: pegava a coleira e saía com Esmeralda e com o cachorro para "perder meia hora".

Certo dia, quando Esmeralda tomou a iniciativa de colocar ela própria a coleira no cãozinho, esta se desprendeu. A sua desatenção e falta de jeito resultou em uma presilha mal encaixada e, assustado com a buzina de um carro, o filhote esticou a correia a ponto dela se soltar.

Desespero. Esmeralda já tinha uma experiência trágica com outro animal de estimação e se pôs a correr atrás do filhote, que, apesar de pequeno, era mais rápido que qualquer adulto humano. Contrário do que deveria fazer, o bichinho correu em direção à rua e, para evitar que fosse atropelado por um ônibus, Esmeralda se jogou na sua frente. O veículo não atropelou o cãozinho, mas acertou em cheio a moça, que foi lançada a um ou dois metros de distância, para espanto dos transeuntes e, claro, de Eugênio. Quando este alcançou a amada, que jazia estirada no chão, ela já cuspia sangue, fruto de uma provável seríssima hemorragia interna.

Eugênio segurou sua mão, tentando levantar a moça para levá-la para o hospital, mas Esmeralda, apesar de maltrapilha, teve a força física e de espírito de resistir ao rapaz.

— Diz. Diz que me ama — pediu.

Dois anos de relacionamento e, apesar de repetidos "eu te amo" por parte de Esmeralda, o rapaz nunca correspondeu.

— Agora?! — perguntou Eugênio, atônito.

— Sim. Agora — respondeu Esmeralda, com olhos marejados.

Lutando contra todos os seus instintos, Eugênio se pôs de joelhos, segurou a mão da moça e sua cabeça e, chorando, declarou:

— Te amo. Te amo mais que tudo nessa vida. Por favor, não me deixe.

Esmeralda sorriu, suspirou uma última vez e fechou os olhos, o fim perfeito de "Um grande caso de amor". Eugênio perdeu a amada, mas continuou cuidando do cachorro, algo que seus pais considerariam muito pouco... prático.

LOBO MAU

• HORTÊNCIO •

Hortêncio era o "Lobo Mau" em pessoa. Não que sua aparência claramente demonstrasse isso. Era alto, franzino, tinha olhos esbugalhados e grandes olheiras, resultado de anos de insônia. Hortêncio não dormia; tinha os sonhos mais estranhos. Apesar da fragilidade de seu corpo, ele era o estereótipo do ser estranho de filmes de terror. Residente de uma pacata cidade rural, Hortêncio vivia num casarão herdado de seus pais depois que estes faleceram. Raramente saía de sua morada, mas o populacho constantemente o avistava a observar os transeuntes por detrás das cortinas das grandes janelas do segundo andar.

Peculiar. Era assim que o caracterizavam. Tanto, que nem as prostitutas do bordel da região se sentiam confortáveis em interagir com ele.

• INFÂNCIA •

Hortêncio não foi abusado *per se*, digamos. Pelo menos, não fisicamente. Uma criação rígida? Talvez. Seu pai seguia a famosa ideologia da "linha-dura", termo usado em política para designar uma corrente ou facção que adota posições mais radicais e intolerantes, como, por exemplo, ditaduras. Até nome de imperador tinha – Carlos Magno –, e administrava a fazenda de sua posse como tal. Proveniente de

uma longa linhagem de escravocratas, o pai de Hortêncio tinha altíssimas expectativas a respeito de comportamento e resultado, e toda vez que o filho saía da linha era com o chicote que ele se comunicava. No entanto, a mãe de Hortêncio, dona Lúcia Maria da Conceição de Jesus, uma santa, sempre intervia a favor do filho.

Caso é que Hortêncio precisava de remédio. Ainda novo, já tinha realizado o coito com todos os animais da fazenda – dos menores, como as galinhas, aos de grande porte, como as vacas, as quais Hortêncio conhecia pelo nome. Como ele conseguia alcançar a altura necessária para o ato era um mistério, mas os funcionários da quinta constantemente relatavam a proeza do menino atracado ao ânus dos animais. Isso era de péssima reputação para o pai, que, impossibilitado de amarrar o filho no tronco, o proibiu de sequer se aproximar dos cercados. Sem poder se satisfazer com os animais, o jovem Hortêncio passou a se masturbar às escondidas. Era só o que fazia, a ponto do patriarca criar uma nova regra:

— Nenhuma porta fechada nessa casa! Nenhuma! Nem quando tomar banho! Banho, só de porta aberta!

Resultou no menino desaparecer diariamente na mata ao redor da fazenda e só retornar à noitinha, quando era hora do jantar.

Dona Lúcia não brigava, mas lembrava a Hortêncio os sacramentos divinos. Lia passagens da bíblia ou recitava os dez mandamentos da Igreja Católica, principalmente o nono, "Guardar castidade nos pensamentos e nos desejos", sutilmente imbuindo no menino o peso da culpa. Com o passar dos anos, Hortêncio entrou na adolescência e a metamorfose física que ocorre em todos os primatas trouxe consequências sociais evidentes. A intolerância de toda a cidade em relação ao tipo de comportamento exibido pelo filho do sr. Carlos Magno e dona Lúcia. Hortêncio era alvo! Ninguém se atrevia a agredi-lo fisicamente, mas os rapazes e as pequenas de sua idade não poupavam comentários; as senhorinhas que fofocavam sobre o povoado batiam as janelas quando ele passava; crianças faziam chacotas; e o pessoal dos botequins lhe deu um apelido, "Hortêncio das galinhas". Até o padre usava o rapaz em seus sermões:

— Não sejam como Hortêncio! — bradava, quando queria exemplificar o indivíduo pecaminoso.

E foi dessa maneira que Hortêncio se tornou não apenas um recluso, mas também uma figura folclórica em toda a região. Sim. Já adulto e... "peculiar", sua figura era vista como a de um bicho-papão. Toda vez que uma criança saía da linha, seus pais ameaçavam:

— Não faça isso, Hortêncio vai te pegar.

Era tiro e queda.

• LUA CHEIA •

Apenas em noite de lua cheia Hortêncio saía, algo que adicionava à lenda do ser estranho comum em antigos filmes de terror. O populacho da zona rural era supersticioso e por isso evitava se aventurar fora de casa durante a madrugada do específico ciclo lunar. Hortêncio aproveitava a oportunidade, uma vez que o contato com outros humanos era cem por cento certo de ser desagradável, para tomar um ar.

Além disso, era maravilhoso: a lua em todo seu esplendor e as ruas da cidade só para si. Com o tempo, isso se tornou um hábito — em noite de lua cheia, a população se trancava e Hortêncio tinha liberdade. Só um ou outro bebum, ou o louco local, toda cidade tem o seu, viam a figura a caminhar por entre as ruelas quando a lua estava a pino. E o que diziam no dia seguinte, devido à sua perspectiva irreal e deturpada, só acrescentava ao mito:

— Vi no topo de uma casa. Uivando!

— Tinha garras! Sim, garras!

— E sangue na boca!

— Ouvi dizer que na fazenda do "João Qualquer" uma vaca foi atacada.

— Ora, vê! Pois desapareceu outra galinha minha!

— Hortêncio... das galinhas — murmuravam em uníssono.

• FATALIDADE •

Foi uma verdadeira fatalidade quando encontraram uma criança boiando contra as pedras no riacho que corre ao lado da cidade na manhã seguinte de uma noite de lua cheia. A menina, de apenas oito anos de idade, agora pálida e inchada, era querida por todos. Uma belezura, diziam. Os pais estavam inconsoláveis, não conseguiam entender como aquilo poderia ter acontecido. Tinham a certeza absoluta que a colocaram para dormir embaixo de sua coberta favorita em seu precioso quarto.

— Me deu boa noite e tudo! — repetia a mãe. — Tão educada.

O pai, um trabalhador da terra, braçal e bruto, tinha lágrimas nos olhos; algo raro de se ver.

Não demorou muito para todo o povoado saber da triste notícia. Uma senhorinha falava com outra senhorinha, que repetia a história para um grupo de comadres, que contavam para seus maridos, que, junto com suas esposas, alertavam seus filhos. No final do dia, era só o que se falava na cidade. O delegado, um único homem com um revólver de apenas seis balas e responsável por manter a lei em todo o condado, não tinha pista alguma do que poderia ter acontecido ou ideia do que fazer. O que estava claro, era que a tragédia era por demais grave para que o populacho aceitasse que tinha sido um acidente – apesar das crianças da cidade, todos os dias, de manhã, de tarde e até de noite, pularem no riacho e passarem horas a brincar em suas margens.

Ao cair da noite, com o estímulo do álcool, a tristeza se tornou revolta e era de se esperar o pior. Acusações foram feitas, dedos foram apontados e a discórdia se transformou em unanimidade quando alguém explodiu:

– Foi o "come-bodes"! Só pode ter sido ele!

Parecia cena do livro de Mary Shelley: os homens da cidade, delegado e padre juntos, caminhando pelas ruas com tochas, facões, forcados e outras ferramentas rurais, em direção ao casarão de Hortêncio. Acuado, o "bicho-papão" pulou a janela e se pôs a correr em direção à mata que conhecia bem, tropel de linchamento atrás. Talvez até pudesse ter escapado, não fosse por uma bala de prata, que, no folclore, é o único tipo de munição capaz de matar lobisomens, bruxas e outros monstros.

No entanto, a turbamulta, em seu frenesi de vingança, não parou por aí: seguiram todos os rituais que conheciam para erradicar o mal. Hortêncio teve sua cabeça decepada, seus membros separados e seu peito empalado. Ao final, atearam fogo à sua carne.

Apenas cinzas. Apenas cinzas restaram de Hortêncio, que foram enterradas dentro de uma garrafa de vidro abençoada pelo padre a sete palmos debaixo das raízes de um grande jequitibá. Os presentes ainda fizeram uma cerimônia: um pacto de silêncio prometendo nunca falar do acontecido. Cada um carregaria consigo a culpa ou o orgulho de ter posto fim ao Lobo Mau, uma história que revela que cidades e gente do interior, de pacatas... não têm nada.

A TRAIÇÃO

• PEREIRA •

Pereira era um falador, um desses que tira vantagem de boca cheia. Assim, desde rapazote; o prazer não estava em fazer, estava em contar a história na mesa de bar. Pereira... um verdadeiro pulha. Era daqueles que deturpava, inventava e aumentava. E não importava o quê! Se jogasse futebol, no mesmo dia podia saber:

— Marquei cinco! — anunciava para todos no boteco.

Se ficasse com uma pequena, meu Deus, não tinha orifício da moça que tinha saído ileso. O pau? Ah, para lá de 20 centímetros — 22, se tomasse uma cachacinha.

Pescadores ficavam tímidos ao lado do homem; seus contos beiravam o fantástico. E era verborrágico! Pereira tinha uma necessidade, era como uma coceira. Tinha que falar.

• ARLINDA •

Arlinda, coitada, caiu na lábia de Pereira. Uma moça do interior, mas com ambições. Veio para a cidade para mudar de vida e quem muito quer, vira alvo de quem muito oferece. E Pereira, oferecia. De acordo com a imagem que tinha de si próprio, era o melhor rapaz da região. Seu cargo no trabalho estava acima da média e o chefe já havia conversado a respeito de promoção. Ninguém conhecia os pais de Pereira, mas ele comentava das propriedades que herdaria quando estes fossem dessa para melhor.

— Meu pai é cafeicultor, tem fazenda de mil hectares. Trabalho, porque quero.

Tinha contatos em altos postos, conhecia até celebridades. Só não dizia os nomes para não expor os... "amigos". E não podemos esquecer do pau de 24 centímetros.

• FAMA •

A fama era tanta que todo mundo da cidade, quiçá do próprio estado, conhecia Pereira. E mais: o nome já virava predicado — "Ó! Vai dar uma de *Pereira*?"; "Isso aí é conto de *Pereira!*"; "Pau... de *Pereira*". Arlinda não gostava. Tinha ojeriza à fofoca e queria ter reputação de moça fina da cidade. Mas era impossível: Pereira estava na boca do povo. Ou melhor, se colocava na boca da turba – tinha a tal coceira. Mas a esposa não era daquelas de aguentar frustração calada; lavava a roupa suja em casa, mas lavava. Dava dura. Deixava Pereira saber sua insatisfação. Diariamente. Cobrava o prometido, achincalhava, enchia os ouvidos do marido. Era bonita, a mulher, mas dava trabalho. *High maintenance*, como diriam nossos primos norte-americanos.

Com o passar dos anos, ficou difícil para Pereira explorar novas temáticas, uma vez que, se desse bola fora, batata: apanhava em casa. Arlinda queria ser grã-fina, mas tinha veia rural. E não seria feita de boba por homem algum, ainda mais por sujeitinho de terno e gravata da cidade. Ninguém sabia, mas a mulher era de terra de pistola e facão. Interior, interior mesmo. Lugar que, quando se chega num arrasta-pé, perguntam:

– Tá armado?

E se o cabra responder que não, ouve:

– Então toma essa faca aqui.

Mas pescador, para contar *causo*, tem que pescar, e Pereira se achava mais esperto que todo mundo. Além disso, tinha o hábito e só mulher mesmo para achar que homem muda depois do casamento. Foi numa dessas que Pereira, muito mais por sorte do que por habilidade, pescou um peixe graúdo – uma dama de renome descobriu a infidelidade do marido e decidiu se vingar. Como mulher é bicho esperto, ela sabia que, se dormisse com Pereira, no mesmo dia todos da cidade saberiam. Ora, se ela estava andando por aí com um belo "chapéu de galhos", o marido também seria motivo de chacota. E ainda teria a vantagem de experimentar o tal pau de 26 centímetros.

• CASO •

Acertaram os detalhes e se encontraram no mesmo dispendioso quarto de hotel em que o marido mantinha caso com a amante – todos os custos cobertos pela dama!

– Não se preocupe, quem está pagando é meu marido – declarou a senhora, triunfante.

Pereira não perdoou, passou o pau de 28 centímetros na colunável e ainda pediu serviço de quarto. O hotel, que recebia políticos e outras figuras ilustres, era conhecido pelo sigilo de seus funcionários; ninguém abriria o bico. Ninguém, a não ser, talvez, o próprio Pereira. Este era o plano da senhora, mas o risco recaía completamente no colo do pulha – se o marido não contratasse alguém para lhe dar uma coça, Arlinda, quando ficasse sabendo, com certeza amassaria sua carne com o pau de macarrão. E apanhar da mulher não era história que Pereira queria circulando por aí.

Pereira suava. A necessidade de contar a história para alguém era como um bicho-de-pé. Uma vida inteira a bradar conquistas em alto e bom som, e não diria que pegou tal e qual, esposa de seu aquele, e que fez um bocado e muito mais? Era como pescar um Pirarucu de três metros e devolver para água sem sequer tirar uma foto. Mas em quem Pereira poderia confiar? *Causo*, depois de contado, não pertence mais ao dono. Cada um fala "só pra mais um" e quando se vê, todo mundo já sabe.

Mas o espertalhão bolou um plano: faria uma viagem, a trabalho; iria para o outro lado do Brasil. "Acre!", pensou. "Ali, ninguém me conhece." Engabelou Arlinda com a justificativa que sua promoção dependia da árdua tarefa.

— Vou num pé e volto no outro, é um dia só — justificou.

Vinte e quatro horas era tudo que Pereira precisava. Vinte e quatros horas para abrir o bico e cantar a melodia. E assim foi: uma muda de roupa e uma maleta na mão, cruzar uns tantos três mil quilômetros para satisfazer a sua coceira.

Chegando em Rio Branco, não perdeu tempo: entrou no primeiro boteco e pediu uma garrafa de aguardente. Oferecia doses para agregar a massa e contava seu feito. Que pegou a dona de gente importante, fez e aconteceu em quarto caro de hotel. Que a própria dama pagou a hospedagem e o champagne. Que ninguém descobrira o acontecido, nem o marido da socialite, nem sua própria mulher.

Saía cliente, entrava cliente, Pereira servia cachaça para o tropel e repetia a história. E cada vez que contava, aumentava. Incluía um detalhe aqui, alterava outro ali. Deixava mais interessante, mais arriscado — o marido estava no quarto ao lado, a senhora era esposa de proeminente coronel, etc etc etc. O único erro que cometeu foi quando perguntaram de sua mulher, se ela também era... "peixe graúdo".

— Nada — respondeu. — Arlinda é do interior, bicho-do-mato.

E, inebriado, tirou uma foto que tinha na carteira, afinal a esposa podia não ser importante, mas era um bom "pescado" — tremendo mulherão.

Um silêncio tomou conta do recinto e, antes que Pereira pudesse perceber, já estava sendo alvejado por balas de calibre 38 e 22. Coitado, não tinha nem uma faca para tentar se defender. Acontece que Arlinda era de Rio Branco, e a birosca estava cheia de familiares e amigos. Não deu para Pereira. O último suspiro foi ali mesmo, sentado no banco do botequim, furado como uma peneira. Um fim fantástico, para um ser fantástico. Uma pena. Ninguém no Rio de Janeiro saberia como morreu o único homem no Brasil com um pau de 30 centímetros.

PORNÔ

• JORGINHO •

Jorginho era um rapazote bem-dotado e com hormônios a toda. Biquinhos do peito sempre entumecidos, Jorginho tinha uma ideia fixa: levar as pequenas à loucura. Fruto da novíssima geração, o rapazinho estava constantemente conectado. Vigiava qualquer jovem com idade para o "negócio" dentro das redes sociais e espalhava DM tanto quanto dava *like* e deixava *comment*. Quando não estava no Instagram ou no TikTok, estava em sites pornô. Andava pela casa assim, celular na frente do rosto. Era um milagre que não esbarrasse nos móveis nem desse com a cara na parede. Isso, ou tinha um sistema de navegação adaptado. Talvez pudesse caminhar de olhos fechados, coisa da *Gen Z*. Quando a mãe chiava, o adolescente rebatia de imediato:

— Estou estudando!

— Mas no celular, meu filho?

— Mãe, hoje tudo é online!

Tinha resposta para tudo. Não que estivesse mentindo; Jorginho realmente dava caso a filmes explícitos — fazia nota das posições, memorizava as falas, sabia de cor o nome dos atores e das atrizes. Aluno nota dez.

• RAQUELZINHA •

Raquelzinha era uma delícia, vamos dizer a verdade. Novinha, fazia questão de usar shortinhos curtos e apertados. As blusas eram iguais, mas com menos pano — a flor do seio quase aparecendo. Quando se cobria, era com *top* e *yoga pants* — um conjuntinho que delineava cada curva em seu corpo, incluindo os grandes lábios. Raquelzinha chamava a atenção, e sabia disso. Sabia não; explorava. Era um sucesso nas redes sociais. Fazia como as outras: vídeos malhando, fotos na beira da piscina, *lives* na balada e *boomerangs* sensuais. Ah, e tinha dancinha. Era uma gracinha a menina e colecionava *likes*. Milhares. Centenas de milhares, para ser mais exato. *Likes* e *followers*. E advinha quem era um de seus fãs? Jorginho.

• CASAL •

Não demorou muito para que Jorginho e Raquelzinha se tornassem um *power couple*. O *teen* curtia tudo da menina, comentava, enchia sua caixa de mensagens, e a jovem... adorava atenção — se complementavam. Com o início do namoro, o casal passou a investir em um novo empreendimento: *coaching*. Raquelzinha, apesar de adolescente, já era *life coach* — dava dicas a respeito de saúde, exercícios, como se vestir, como estabelecer *goals* e metas, como se expressar; basicamente, como ter... "sucesso" na vida. Mas, agora que tinha um homem a seu lado, ou melhor, um *boy* segurando a câmera, também dava dicas de comunicação interpessoal, de motivação, romance, do que fazer ou não fazer com seu parceiro; basicamente, como... ser "feliz" num relacionamento.

Nas telinhas, Jorginho e Raquelzinha eram perfeitos, um ícone para seus seguidores. Entretanto, nos bastidores, o rapaz escondia uma frustração: não conseguia satisfazer a moça. Pelo menos, era nisso que acreditava. Raquelzinha era de uma energia na academia, de um pulso na balada, de uma *vibe* com as amigas, de uma felicidade nas redes... Mas, na cama era meio... "tora".

Jorginho repetia os movimentos que tinha aprendido na internet, virava Raquel para lá e para cá como um bife de hambúrguer na chapa, fazia e acontecia, mas a pequena não correspondia. Não se mexia como as atrizes de seus sonhos, não fazia os mesmos sons, e com certeza não chegava ao clímax como elas chegavam. Um dia, o *boy* até a pegou usando o celular durante a transa – e não era *onlyfans*.

• JUDITH •

Judith era uma senhora beirando seus oitenta anos. Vizinha de porta de Jorginho, sempre avistava o rapaz a passar semidesnudo quando saía ou chegava em casa. Tinha essa: Jorginho raramente usava camisa, e as calças eram posicionadas de acordo com a *trend* do momento – caídas, mostrando a bunda. Mas a senhora nunca reclamava; pelo contrário, sorria e acenava com o melhor dos humores. Quando a mãe do rapazote perguntava:

– Te incomoda, Dona Judith?

Ela sempre respondia:

– Que nada. Tá calor.

Olhares atentos perceberiam que Judith tinha sido uma belezura nos tempos dela e, apesar da idade avançada, ainda guardava um certo encanto. Viúva e sem filhos, passava a maior parte do tempo desfrutando de pequenos prazeres em seu apartamento. Era comum ver a dona "Juju" ao final da tarde pintando aquarela em sua varanda com uma taça de vinho ou um martini na mão. Pelas manhãs, cuidava do físico – caminhava regularmente, também vestida com top e a tal yoga pants. Aos fins de semana, fazia como toda boa carioca: colocava um belo par de óculos escuros, estilo Jacqueline Onassis, e ia pegar um bronze, fosse na praia, fosse na área de lazer do condomínio.

Experiente, percebeu o desconforto de Jorginho, a ebulição dentro do rapaz, algo muito comum em adolescentes, mas que pais raramente dão atenção.

— É mulher, não é? — perguntou de sua cadeira à beira da piscina.

Jorginho, inseguro, resmungou algo inaudível.

— É aquela menina que de vez em quando vem na sua casa? — continuou Judith, jogando a isca.

Dessa vez, Jorginho respondeu, mas com um simples "É". Era tudo que a senhora precisava: estabelecer contato. Aos poucos, foi quebrando a "noz" que era Jorginho — puxava com maestria o fio do assunto e ia desembolando a conversa com o jovem. Conduzido por "Juju", não demorou muito para o boy chegar ao âmago da questão. Após uma pausa, todo bom pescador sabe o que faz, o desconforto do rapaz veio à tona:

— Desculpa te encher com isso! — soltou, já saindo da piscina.

Juju deixou a linha correr, uns três ou quatro passos, e então puxou:

— Te ensino. Te ensino a como fazer uma mulher perder a cabeça.

Jorginho es-ta-cou. Fisgado.

• AULA •

Marcaram dia, horário e local, Juju e Jorginho, para a tal "aula". A senhora conhecia um antigo hotel com uma quantidade expressiva de quartos e poucos clientes, perfeito para a discrição necessária ao encontro. O rapazote não comentou com ninguém, nem mesmo com os amigos mais próximos, a respeito da conversa, da dama ou do agendamento. Primeiro, não sabia o que de fato iria acontecer; segundo, não queria ser visto como o guri traçando a vovozinha. Jorginho tinha reputação, e esta era do boy que pegava as gatinhas do Insta. Além do mais, tinha Raquelzinha. Se ela descobrisse, seria o fim do power couple.

O rapaz investiu um dia inteiro para se preparar — assistiu todos os vídeos que podia de *milf* e *mature*. Todavia, já subindo o elevador, seu coração parecia querer sair pela boca. Adrenado. Bateu duas vezes e a porta do quarto se entreabriu. Juju o aguardava com uma meia taça de martini na mão.

— Entra.

O rapaz não respondeu. De olhos baixos, percorreu a curta distância entre o corredor e o cômodo. Com um sorriso nos lábios, Judith colocou a placa de "Favor não incomodar" na maçaneta e fechou a porta. Foram horas e mais horas dos dois enclausurados. Jorginho só foi visto novamente de madrugada, por volta das quatro da manhã, quando retornou para casa.

— Aonde estava, menino? Fiquei preocupada! — perguntou a mãe, verificando se era o filho que tinha realmente voltado.

— Estudando com um amigo — respondeu Jorginho, sem dar maiores explicações.

A mãe decidiu acreditar. Já dona Judith, passou a noite no hotel, satisfeita com mais aquele pequeno prazer.

• LOUCURA •

Jorginho mal podia esperar para colocar em prática a aula que teve ao vivo com dona Judith. A senhora, que antes de se aposentar tinha sido professora, deu o bê-á-bá completo para o rapaz. O conteúdo da lição foi diferente do que ele esperava, mas o resultado foi muito além de suas expectativas. Quando passou pela recepção do hotel em direção à rua, pôde perceber os olhos atentos dos funcionários que, curiosos, queriam saber quem tinha provocado os gritos de prazer que ecoaram pelos corredores do quinto andar.

Já no dia seguinte, Jorginho marcou encontro com Raquelzinha e seguiu passo a passo seu novo caderno de anotações. Buscou a moça em casa, no Uber lhe deu uma singular rosa vermelha acompanhada de uma pequena declaração de afeto, o jantar foi num restaurante ao invés de um *fast food*, e tudo por sua conta. Depois, seguiram para um hotel, no qual a moça havia mencionado o desejo de um dia se hospedar. O quarto tinha uma bela cama de casal e vista para a orla, e o boy ofereceu uma massagem enquanto a *girl* degustava uma taça de vinho. Dos pés, Jorginho evoluiu para outras áreas erógenas do corpo, e os dois passaram horas sem sequer notar a ausência do celular. Também neste hotel o canto de uma sereia foi ouvido: o que fez Raquel, e provavelmente faria outras moças, ir à loucura mesmo, foi ser bem tratada e... fazer amor.

O TARADO DE SUSPENSÓRIOS

• ARQUIBALDO •

Arquibaldo era um "tarado!", dizia o populacho. Tinha reputação. As pessoas ficavam incomodadas com o jeito que ele lhes olhava. "Não gosto", respondia qualquer mulher, quando questionada a seu respeito. O homem tinha um olhar penetrante e duradouro – íntimo, poderíamos dizer. E olhava. Mulheres, senhoras, jovens, homens e crianças; ninguém escapava à sua curiosidade. Poderia passar horas sentado no banco da praça a observar os transeuntes. Mal se mexia. Era como uma estátua. A não ser quando fazia notas em pedaços amassados de papel.

Contribuía para o desgosto o fato de sua figura ser estranha. Arquibaldo tinha um couro cabeludo cheio, abundante, mas o cocuruto era calvo. Usava um par de óculos fundos de garrafa que se assentavam em um nariz protuberante, quase fálico. Seu corpo tinha presença: Arquibaldo não passava desapercebido e, apesar de não ser um senhor de idade, insistia em usar suspensórios em toda e qualquer ocasião. E eram finos, distintos! Tão distintos que a massa lhe deu um apelido: "O tarado... de suspensórios".

• VIDA •

A vida de Arquibaldo parecia ser esta: observar e anotar. Alguns diziam que era escritor. Outros, jornalista. Mas a maioria achava que era vagabundo mesmo. Vagabundo e sem vergonha. Olhar os outros? Vê só! Talvez fosse o fato de Arquibaldo não ficar constrangido. Olhava e ficava olhando, indefinidamente. Em silêncio. Por detrás das lentes de seus óculos. Se pegasse elevador com outros passageiros, não conversava sobre o tempo, se ia chover ou não, se estava calor. Perguntava coisas particulares, parecia querer saber mesmo do sujeito, de sua vida. E a voz grave não ajudava; intimidava.

Um dia foi visto alimentando pombos. Pronto. Para quê? Ninguém no Rio de Janeiro gosta de pombos. Talvez porque fosse solitário. Pombos têm um nível muito baixo de julgamento, aceitam afeto de qualquer um, ao contrário das pessoas, que são rápidas em puxar a corda da guilhotina. "Teve o que merece", dizem. Raro mesmo é ouvir... "Tenho o que mereço".

• VAZIO •

Com o passar dos anos, a praça foi ficando vazia. A praça e as ruas. O desenvolvimento de condomínios, de clubes, a ênfase em espaços privados, arquitetados para atender seu público-alvo, foi alienando grupos — como poças aqui e ali depois de um dia de chuva. Cada um com seu cada um. E não parou por aí: o avanço da tecnologia proporcionou uma bolha ainda menor, a do indivíduo — com um megacomputador portátil entre os dedos, cada homem, mulher, velho ou criança, podia construir e usufruir de seu próprio mundo particular, customizado pela pessoa para si própria. Olhar nos olhos virou coisa do passado.

A princípio, Arquibaldo não queria se envolver com esses aparatos. "Era das antigas", diriam. Achava estranho, frio, faltava... conexão, contato — o que fazia dele ainda mais esse ser mitológico, fora de época. Era como um dinossauro, um dos últimos de sua espécie, e logo seria extinto.

• VIRADA •

A virada do milênio trouxe muitas mudanças para a população, pouco importava onde estivessem alocados. Os meios de comunicação se tornaram super-rápidos, quase instantâneos. Mídias sociais floresceram e formaram uma nova paisagem — todo mundo sabia de todo mundo e de tudo o que estava acontecendo o tempo todo ao redor do globo. Menos... Arquibaldo. Ele, não sabia de nada. Se recusava. Mal saía de casa. E para quê? Se as ruas estavam vazias, se cada pessoa que via tinha uma caixa preta em frente à cara.

Ficou assim, até o dia em que as companhias pararam de oferecer linhas fixas de telefone. Não que alguém ligasse para Arquibaldo, ou que ele ligasse para alguém. Até onde sabiam, o homem era só. Enfim, teve que ceder. Em caso de emergência. Comprou um celular. Moderno. Esperto. As lojas só oferecem desses, desses que fazem tudo por você — que lembram tudo, que agendam, que direcionam, que sabem o endereço e horários de cada lugar, que tiram fotos, que dizem onde você está; praticamente... uma mãe.

Demorou um tempo para o agora velho calvo cabeludo se adaptar. Os dedos grandes contra as teclas pequenas eram uma dificuldade. Tinha que criar perfil, senha, colocar os dados pessoais, foto, autorizar o acesso à agenda, à lista de contatos. Tinha que aceitar o contrato de "termos e condições", mas como ler as inúmeras páginas naquela telinha pequena com aquelas letras tão miúdas? "Aceito.

O mundo em minhas mãos", é o que reverbera no inconsciente de cada cliente atualizado.

De repente, Arquibaldo passava horas no telefone. A observar. Impune. Tinha acesso ilimitado a centenas de milhares de "contas". Poderia acompanhar quem quer que quisesse, passo a passo. Estava tudo ali. A cara da pessoa. Uma fonte ilimitada da cara da pessoa. *Selfie*, chamam. O que ela fez, aonde fez, por que fez, para quê fez. O que comeu. Aonde foi. Quem estava lá. E mais. Seus pensamentos. Seus sentimentos. Se tinha medo ou raiva, ansiedade ou se era feliz. Se sofria com a vida, se tinha alguma doença crônica. Quem eram seus familiares. Qual era sua ideologia. Se tinha fé. Se votava. Quem eram seus candidatos. De quem era fã. Tinha tudo. A própria pessoa compartilhava. O privado público, para quem quisesse saber. E queriam que soubessem. Tinha todo tipo de intimidade. Tudo exposto. Até o corpo. Peitinho e bundinha. Boca, dedão do pé. Xoxota e pau, se era isso que interessava. Uma loucura. Um paraíso perfeito para o tal tipo *voyeur*, este, que tem prazer em...

Arquibaldo, por exemplo, que antes era execrado, não tinha que se preocupar. Estava em casa. Literalmente. E ninguém sabia... que ele usava suspensórios.

O AMANTE

• CENA •

Parecia cena de teatro: de um lado, Lucio, vestido de noivo, acompanhado de seu melhor amigo, Bolo. Do outro, Ritinha, vestida de branco, com seu austero irmão, Augusto. O primeiro, bebendo uma dose de cachaça no boteco de frente à igreja. A segunda, em seu quarto, escovando seus negros cabelos de frente a uma penteadeira.

— Tem certeza? — pergunta Bolo.

— Ainda dá tempo — afirma Augusto.

Lucio e Ritinha estavam prestes a unir laços de matrimônio, e ambos tinham alguém tentando dissuadi-los da ideia.

O diálogo do boteco dava a entender que Bolo parecia não querer perder o amigo de noitada:

— Pensa bem, casamento é coisa séria.

— Bem sei. Mas é uma joia, a minha pequena.

— Até pedra preciosa um dia perde o brilho.

— Diamante. Ritinha é um diamante.

— Lá vem você com essa história de novo.

— Tirei do fundo da terra. Outra como ela não há.

— E quando cansar?

— Que cansar o quê, vira essa boca pra lá! Está agourando?

— Que isso! Sou amigo e quero o seu melhor. Bem sei que alguns não sabem viver em cativeiro!

— Estou apaixonado.

Ponto. Era assim que terminavam as muitas conversas entre os dois homens, com Lucio declarando seu inabalável amor por Ritinha — para completo desânimo de Bolo.

— Então perco o amigo de fanfarra — conclui o amigo, cabeça baixa e coração partido.

— É por uma boa causa — arremata Lucio, bebendo o último gole de cachaça do copo.

No quarto de Ritinha, o irmão também contestava:

— Mas tem que ser ele?

— O que quer dizer?

— Ora, você merece alguém melhor.

— Ninguém é bom o bastante para mim, Augusto, sabe bem disso.

— É que ele, não. Ele, não.

— E por quê?

— É que é desses, galanteador.

— Mulheres gostam de galanteios, Augusto.

— Ritinha, Lucio é homem de boteco, de musicata.

— E que homem não é?

— Eu não sou!

— Está com ciúmes.

— Você não é como as outras. Princesa, entende?

— Mães e irmãs nunca são como as outras.

— Você é filha única de meu pai, tenho que te proteger.

— Augusto, estou em boas mãos.

A expressão de Augusto dizia tudo: tinha perdido a irmã para um qualquer e isso... o matava.

• LUCIO •

Augusto tinha razão: Lucio tinha a língua doce — encantava Deus e o diabo como um hipnotizador de cobras. Todavia, não foi essa habilidade que conquistou Ritinha. Lucio era diferente do que estava acostumada. Filha de pai general e mãe puritana, Ritinha passou a maior parte da sua vida encarcerada. Realmente, uma princesa: presa em seu castelo. Lucio era o seu oposto: não tinha modos, era como um cão vira-lata correndo pelas ruas a ladrar. O que tinha era experiência de vida, histórias. Lucio era um *bon vivant* e excelente companhia.

Além do mais, sua confiança... Ah, predicado indispensável a todo homem. Lucio não apenas sabia o que queria, mas insistia. Não via o fracasso como uma falha de caráter. Não. Se não fosse de primeira, tentava uma segunda e uma terceira vez. Uma quarta, quinta, sexta. A semana inteira, o mês, o ano. Não importava. E foi assim que conseguiu seu diamante — cortejou Ritinha mesmo seu pai sendo general reformado; não deu bolas às ameaças do irmão; resistiu aos sermões da mãe. Implacável. De uma coragem a qual o destino sempre favorece.

• BOLO •

Bolo era um verdadeiro galã, daqueles de papel principal em novelas da Globo. Na certidão de nascimento, Bonifácio, mas o nome não fazia jus às suas feições. “Bolo”. Foi como as meninas o apelidaram — todas queriam um pedaço. Fazia sucesso. Era um charme. Tinha um “quê”. Bolo irradiava uma aura, um mistério. Seus olhos eram ora verdes, ora mel; dependia da luz. Seus cabelos cacheados e seus traços andróginos o faziam parecer Adão da Capela Sistina — o belo homem pelo qual Deus está apaixonado. Com certeza. Bolo tinha o favor dos deuses. Mal precisava falar para conseguir o que queria; as pessoas naturalmente o serviam. Sentiam prazer em estar ao seu lado, uma oportunidade de admirar um ser celeste ao vivo e a cores, em carne e osso.

Ritinha era uma bela e inocente jovem. Criada com todo zelo pela família, como uma boneca de porcelana, a menina conservou a pequena estatura e a fragilidade reservada a brinquedos da alta classe. Não tinha uma ruga, nunca teve uma preocupação. Seu primeiro choque, já com idade para casar, foi quando seu pai apresentou sinais de estar enfermo. Câncer. O sr. Aurélio anunciou sua condição como um verdadeiro comandante diante de seus soldados. Um dia levantou-se da mesa ao final do jantar e:

— Tenho câncer, morro em alguns meses.

Assim, sem aviso ou preparação. Nem a esposa sabia. Dona Marília ficou petrificada; seu marido era seu tudo. Um baluarte. O edifício da família. Augusto manteve a sobriedade. Ritinha continuou sua rotina, enterrando qualquer semblante de dor no fundo de seu inconsciente. O velho estava certo: passados três meses, foi dessa para melhor. Dona Marília foi logo depois. Acidente cardiovascular. Morreu como um passarinho: de coração partido. De cama, quando ainda estava fazendo luto pelo amado e talvez já pressentindo o fim, fez um pedido aos filhos:

— Queria tanto vê-los casados. Seria uma última alegria.

Ritinha acomodou o desejo da mãe, acertou tudo com Lucio. Ademais, quem cuidaria dela depois que os pais se fossem? Augusto não apresentou pretendente. E ainda: se enfureceu com a escolha da irmã. De qualquer maneira, a velha não resistiu; acordaram um dia, Ritinha e Augusto, para descobrir que dona Marília os tinha deixado. A boa senhora falecera antes do café da manhã, segurando numa das mãos um terço e na outra um relicário com a foto do marido.

• AUGUSTO •

Augusto era mais rijo que o mastro da bandeira nacional. Criado pelo pai para seguir seus passos, procedia exatamente de acordo com o manual. Fazia tudo certinho. Terno e cabelo sempre engomados, a barba sempre feita, a postura sempre ereta, até quando sentado. Nem no modo de falar desviava — o homem, mesmo quando adolescente, jamais disse uma gíria. Realmente, um soldado. Não no papel. Augusto não se alistou. Mas se portava como tal. Filho do grande general Aurélio, Augusto usava frequentemente o prenome do pai. "Sabe de quem eu sou filho?". E de vez em quando, em ocasiões célebres, vestia o uniforme. Mesmo não tendo servido, usava algum do pai, de quando era novo. Financeiramente, também era filho do sr. Aurélio. Não apenas ele, como também Ritinha e, claro, dona Marília; todos viviam da pensão do general. Da mãe, aprendeu os preceitos católicos. Sempre havia uma bíblia em cima de seu criado-mudo e fazia absoluta questão de ir à igreja aos domingos para comungar. A relação com a irmã era de zelo. Ambos, Augusto e Ritinha, foram educados em casa por tutores particulares. O pai justificava:

— Não quero filho meu ou filha minha em escola pública. Isso aí é ambiente de doutrinação da esquerda.

Fazer faculdade estava fora de questão.

— Bando de comunistas! — bradava, ao se deparar com qualquer comentário feito por algum intelectual.

Os irmãos também não puderam ter amigos de rua. Nem seu Aurélio, nem dona Marília, queriam que eles se contaminassem com os pecados da gentalha. Ou seja, passaram a maior parte do tempo brincando consigo próprios.

• CASAMENTO •

A cerimônia de casamento entre Ritinha e Lucio aconteceu sem grandes problemas. Bolo, apesar de reticente, serviu como padrinho. Augusto engoliu seu orgulho e assumiu o papel de pai — conduziu a irmã até o altar. Todavia, nem um nem outro mostrou qualquer empolgação quando o padre disse as famosas palavras "Pelo poder a mim investido pela Igreja e pelo Estado, eu os declaro marido e mulher".

O casal não celebrou com os convivas após a solenidade, apenas a chuva de arroz ao sair da igreja. Ritinha era virgem e Lucio mal podia esperar para compartilhar a cama com sua mulher — o carro com os dizeres "recém--casados" seguiu direto para seu domicílio. Atrás, as latas amarradas no para-choque batiam contra o calçado da rua, anunciando os votos de felicidade e prosperidade desejados aos pombinhos. Com exceção de uma pedra, amarrada por alguém desgostoso com a união.

Bolo estava certo: perdera o amigo de arruaça. Lucio desapareceu depois de assumir o novo estilo de vida. Agora era homem sério, casado e responsável. Um cão amarrado, de casa, desses que come ração. Ritinha manteve contato com Augusto. Este, fazia questão de visitá-la frequentemente – queria saber como estava a relação, se a irmã estava feliz, satisfeita, se precisava de alguma coisa. Claro, sempre quando Lucio estava fora. Ritinha era cordial e amável, como sempre, mesmo quando a conversa do chá da tarde parecia um interrogatório – coisa de militar. Ademais, o irmão fazia companhia; já que o marido tinha que se ausentar diariamente devido ao trabalho.

• SURPRESA •

Foi uma surpresa para Bolo quando um dia, passados meses, Lucio apareceu em seu boteco favorito.

– Bolo, seu safado!

– Lucio, seu malandro!

E abraçaram-se com vigor.

– Como está?

– A quanto anda?

Os olhos de Bolo cintilavam. Estaria o amigo de volta à antiga vida?

— E Ritinha?

— Com o irmão. Preferi sair. Além do mais, há tempo que não lhe vejo.

E mais um abraço. Escolheram uma mesa perto da rua por privacidade e jogaram conversa fora enquanto degustavam um bom e gelado chope.

— E a vida de casado?

Lucio parecia feliz.

— Uma joia, a minha pequena. Diamante.

Apenas uma coisa o intrigava. Lembrou ao amigo a sua vida de experiências com mulheres, de solteiras a casadas, de freiras a prostitutas, e então confessou:

— Ritinha não faz muito, é como uma ostra.

— Ora meu caro, nem toda mulher é livre — argumentou o amigo.

Mas Lucio não se convencia, tinha uma pulga atrás da orelha.

— Não sei. Sinto que não conheço a minha mulher.

Um silêncio constrangedor tomou conta da mesa. Bolo preferiu não se aprofundar, mudou de assunto:

— Por que não vamos até Madame Cecci? Quem sabe ela pode te dizer algo. Além do mais, sente sua falta.

• MADAME CECCI •

Madame Cecci era uma velha cigana dona de um cabaré. O recinto era ambiente de todos os tipos, dos mais puritanos aos mais condenáveis, e ficava aberto 24 horas por dia, sete dias por semana. As meninas, e os rapazes, faziam turnos. Os clientes apareciam em horários variados, tudo de acordo com a agenda de cada um. Muitas vezes só queriam conversar, tomar um trago, companhia. Outras, queriam se deleitar com alguma pequena, ou rapazote, num dos muitos quartos do casarão. Madame Cecci coordenava tudo, cuidava do dinheiro e da clientela, da agenda e da vida pessoal de todos. E, quando requisitada, lia a mão. Preservara a magia de sua tribo — podia dizer a sorte, ou a maldição, de qualquer alma que adentrasse sua casa.

— Madame Cecci! — exclamou Lucio, ao passar pelas portas de entrada.

— O bom filho à casa torna! — respondeu a velha, caminhando para recebê-lo. — Deixe-me olhar seus olhos.

— O que vê?

— Um homem casado.

Tinha novas rugas, declarou a senhora. Lucio não se conteve: sequer tinha tomado um gole com a Madame e já confessava seu incômodo. A cigana tinha um jeito com as pessoas, homens e mulheres.

— Sabe, nunca a trouxe aqui para que eu pudesse ler sua mão.

— Ora, Madame, bem sabe que este não é ambiente para uma mulher casada.

— Todavia, aqui estão: homens e mulheres unidos pelos laços de matrimônio. A casa está cheia deles.

A velha tinha razão. Nada como trabalhar num bordel para realmente conhecer os segredos de uma cidade.

Conversaram sobre amenidades enquanto bebiam de um licor especial que Madame tinha na casa. Lucio já estava embriagado quando a senhora propôs:

— Então: quer uma pequena? Apareceu uma aqui que tenho certeza que vai lhe agradar. Uma glória.

Lucio riu largo. Sabia que Madame gostava de testar as pessoas. Sem perder a compostura, negou a oferta. Mas Madame Cecci não se deu por vencida; o diabo tentou Jesus ao menos três vezes no deserto.

— Glória! — chamou.

A moça apareceu imediatamente contra o corrimão do segundo andar, como se tivesse sido encarnada por um encanto. A cara de Lucio dizia tudo: ele não podia acreditar no que via. Perguntou a si próprio, em silêncio, se era o álcool que dominava seus sentidos. Tentou ler nos olhos de Bolo ou no sorriso da madame se aquilo tudo tinha sido combinado entre as partes. A pequena... era a cara de Ritinha. A cara e o corpo. Tudo. Cada traço, cada cor, cada falha, como se fossem irmãs gêmeas univitelinas.

— Não conheço a minha mulher — murmurou para si próprio, antes de deixar o casarão a passos largos. Bolo seguiu o amigo que, em plena luz do dia, se despia no meio da rua.

— Lucio! Lucio, o que está fazendo?!

Lucio suava, andava de um lado para o outro, como se estivesse ciente de que estava perdendo a razão. Murmurou uma vez mais:

— Não conheço a minha mulher.

E desmaiou.

• ENFERMO •

Lucio acordou, nu debaixo de lençóis, num dos quartos de Madame Cecci. Apressou-se em colocar as roupas e, quando já amarrava os sapatos, ouviu:

— Lucio?!

Bolo, que parecia despertar naquele momento, estava sentado numa cadeira no canto do quarto.

— O que aconteceu? — interrogou Lucio. — Há quanto tempo estou aqui?

O amigo explicou que ele tinha perdido os sentidos no meio da rua, que falava consigo próprio. Disse que ardia e que o trouxeram de volta ao casarão para repousar. Que tiraram suas roupas e lhe colocaram toalhas molhadas na cabeça e no peito para ajudar com a febre; que estava claramente enfermo e que havia passado mais de 24 horas.

— Você ficou aqui o tempo todo? — perguntou.

— Não, mas voltei assim que pude.

Sem dizer mais uma só palavra, Lucio deixou o cabaré em direção a seu domicílio. Sequer se despediu de Bolo ou da Madame.

Em casa, Ritinha estava séria. Sabia do passado do marido. Lucio explicou o que havia sucedido, que tinha caído doente e que Bolo o salvou. Contou o relato de seu desmaio e que ardeu em febre como nunca antes. Que ficou à beira da morte e que, nesse estado, teve os sonhos mais estranhos, quase revelações. Sonhou que ela, a própria mulher, filha de seu Aurélio e dona Marília, era mulher da zona. Que tinham dormido juntos e que ela era outra, não Ritinha, mas Glória. Sim. Até o nome era diferente, mas ele tinha certeza que era ela. Ritinha não respondeu, não disse uma só palavra; uma vida inteira acostumada a ouvir sem se pronunciar. Lucio a encarava com olhos de társio — queria saber, precisava saber, mas Ritinha nada. Inflexível. Sentada na cadeira da cozinha, como uma boneca de porcelana. Após um longo e insuportável silêncio, perguntou:

— Quer café?

• PLANO •

Lucio nunca mais foi o mesmo: parecia um fantasma, como se tivesse morrido, mas o corpo ainda vagava pelas ruas alheio à realidade. Sua cabeça, sempre estava em outro lugar. Queria saber, precisava saber. Retornou ao casarão de Madame Cecci, mas a tal Glória não mais podia ser encontrada. Ao indagar a velha cigana a respeito, recebeu como resposta:

— Como vou saber? Na minha casa todos são livres para ir e vir quando quiserem.

Perguntou a Bolo, mas este:

— Não lembro de tal pequena, bem sabe que sou fraco pra bebida.

E então questionou:

— Não teria... visto coisas?

Exatamente. Lucio tinha visto algo, e não havia como esquecer. Ademais, sua experiência lhe dizia: dentro de uma ostra, há pérola; é só questão de abrir a concha. Precisava abrir Ritinha, precisava conhecer a própria mulher. Foi então que bolou um plano:

— Lucio, que passou? Pareceu urgente.

— Bolo, você tem que me ajudar, precisa me ajudar. Se me ama... vai fazer o que lhe peço — declarou.

— Meu Deus, o que é?

— Preciso que durma com a minha mulher.

Choque.

Bolo estava petrificado. Nunca tinha ouvido tal proposta. Um marido que desejava que o melhor amigo se deitasse com sua mulher. Mas Lucio explicou tintim por tintim. Revelou que não conseguia mais dormir, que estava realmente enfermo. Disse que todas as noites — todas, sem exceção — tinha o mesmo sonho. Sonhava que seu Aurélio o olhava com olhos de defunto, que dona Marília estava a seu lado e que chorava copiosamente. Que ele mesmo, Bolo, também estava lá. Ele e Madame Cecci. E também Augusto. Todos; todos que ele conhecia estavam no maldito sonho. Todas as caras, todos os homens e todas as mulheres. Todas as pequenas com quem ele havia dormido. E no centro de tudo estava Ritinha, mas Ritinha não era mais Ritinha, era Glória, mulher da zona. E todos apontavam para ele. Apontavam e riam. Faziam chacota e lhe diziam em uníssono:

— Você não conhece a sua própria mulher.

Era então que ele acordava, empapado de suor. Um horror.

— Não! — respondeu Bolo. — Você está louco, perdeu a cabeça!

— Então você não me ama — refutou Lucio, enfático. — Não é meu amigo.

— Lucio, o que você quer com essa história?

— Toda mulher é outra com o amante. Só com o marido. Só com o marido são fechadas.

Bolo sentia o mais profundo desconforto. Era como um gato, acuado, sentindo o perigo.

— Peça a outra pessoa, então. Eu não, eu não!

Mas Lucio não desistia.

— Tem que ser você, Bolo, tem que ser você! Vou pedir a um estranho?

Por mais que o amigo resistisse à ideia.

— Mas por que eu?

— Porque você é meu amigo, em você posso confiar. Ademais, as mulheres se abrem com você.

Lucio pressionava, insistia.

— Escuta: dorme com a minha mulher, te dou o meu aval. Depois me conta tudo. Me conta como é a minha mulher na cama.

Bolo não sabia o que fazer.

— Isso nunca vai dar certo, Ritinha nunca iria aceitar algo assim.

Mas Lucio tinha resposta para tudo.

— Luz apagada. Vai acontecer tudo de luz apagada. Eu convenço a Ritinha.

• PROPOSTA •

Lucio tinha tudo acertado, tudo pensado. Passara semanas planejando. Seus olhos vermelhos e suas profundas e negras olheiras denotavam a sua condição de inquietude. Faltava o último passo: convencer a mulher a se deitar com outro homem.

— Tenho câncer — anunciou, para espanto da esposa. — A mesma doença que matou seu pai.

Ritinha ficou petrificada. Tinha perdido o pai, depois a mãe, e agora perderia o marido. Lucio continuou:

— Mas você pode me salvar. Só você pode me salvar.

Confusa, Ritinha não sabia o que dizer, não sabia como reagir. O coração batia acelerado, centenas de pensamentos se chocavam dentro de sua cabeça.

— É a culpa, é a culpa que me mata.

O que Lucio estava dizendo? Como isso tinha acontecido? O que faria de sua vida? Perguntas e mais perguntas emergiam em um silencioso desespero dentro de si.

— Te traí. Traí o meu amor e por isso tenho câncer. Morro. Lentamente. De culpa.

Ritinha era frágil, como uma boneca de porcelana.

— Já tenho os olhos fundos de seu pai, se lembra? Olhos de defunto.

Estava prestes a se quebrar. Não era capaz, não tinha forças, era como a sua mãe — morreria de coração partido.

— Preciso que faça algo por mim: preciso que me salve.

Qualquer coisa. Ritinha faria qualquer coisa para salvar Lucio.

— Preciso que me traia. Preciso que se deite com um estranho. Só assim poderei me perdoar; só assim poderei me livrar da culpa que me mata.

O quê?

Lucio deu um papel para Ritinha com dia, horário e local. Explicou que ela não tinha que se preocupar, que a pessoa, apesar de estranha, era de confiança, que nada de mal aconteceria com ela. Disse que tudo passaria com as luzes apagadas, que bastava ela entrar no quarto e fechar a porta atrás de si. Que o importante, e isso era essencial, era que ela, naquela hora, naquele recinto, fosse livre, completamente livre, e que se desse. Só assim, sabendo que a mulher teve um amante, ele também seria livre. Livre da culpa que o matava, do câncer que o consumia. Finalmente, iria poder dormir em paz.

Chegado o dia, Lucio não podia ser encontrado. Ritinha andava de um lado para o outro em seu quarto, inquieta, indecisa. O que fazer? Dormir com um estranho? Não seria capaz. Tinha sido criada por pai militar e por mãe puritana; regras eram para serem seguidas. Ademais, fizera votos de fidelidade. Votos sagrados. Na igreja. O que pensariam seu pai e sua mãe, do além? E Deus? Ela nunca seria perdoada, queimaria para sempre no fogo do inferno, execrada, num eterno ostracismo.

Lágrimas corriam sua face, seu desespero era visível. Estava no limite. Foi então que Augusto adentrou a residência com a chave que a irmã provera para casos de emergência.

— Ritinha? Faz mais de uma hora que bato na porta.

Bastou ouvir a voz do irmão para que corresse a seu encontro e derramasse:

— Preciso trair meu marido!

Choque. Lágrimas sutilmente emergiram dos olhos de Augusto. Ele segurou a irmã pelos braços e a puxou contra si, contra seu peito, oferecendo conforto e proteção. Ritinha desafogou — o irmão diria que não, certamente diria que tudo aquilo não passava de uma grande loucura! Foi então que Augusto roçou o rosto contra o da irmã e beijou seus lábios.

— Augusto! — exclamou Ritinha, ao se afastar.

— Você sente o mesmo que eu, estou seguro! — respondeu Augusto, ainda segurando a irmã pelos braços. — Por isso está assim, nesse estado! Porque sabe que precisa trair seu marido!

Ritinha estava boquiaberta, incapacitada. Augusto, como num transe, continuou:

— Fomos feitos um para o outro. Eu e você, Ritinha, como Adão e Eva. Papai já se foi, mamãe já se foi, é chegada a hora de nos unirmos.

Ritinha sabia que o irmão era como ela, frágil, apesar de toda a casca.

— Augusto, não podemos, nunca poderíamos, somos irmãos!

Mas ele contestou:

— O amor perdoa tudo Ritinha! Tudo! Até a relação entre irmãos!

Ritinha saiu correndo pelas ruas.

No local do encontro, Lucio esperava ansiosamente por Bolo. Este, já chegou a toda:

— Não vou! Não posso! Vim só te dizer!

Mas Lucio não deu bolas, afagou-lhe o rosto e respondeu com carinho:

— Sei que me ama. Sei que é meu amigo e fará o que lhe peço.

Bolo estacou. O belo rapaz também parecia estar a ponto de quebrar.

— Não se preocupe, não vou lhe culpar por coisa alguma — adiantou-se Lucio, procurando confortar o amigo.

Os lábios de Bolo tremiam, a verdade parecia querer saltar-lhe a língua.

— Escuta: se ajuda, não pense que é minha mulher. Imagine uma pequena qualquer, uma das muitas com quem dormiu.

Bolo se esforçava, mas não conseguia encontrar as palavras. Simplesmente balbuciou num tom baixo, como uma criança admitindo o erro:

— A razão pela qual não posso... É que te amo.

Lucio apenas sorriu. Conhecia Bolo desde a infância, não tinha dúvidas de que o amigo o amava.

— Sei que me ama, não se preocupe. Somos amigos, ora.

Incapaz de expressar sua verdade com a clareza necessária, Bolo apenas segurou o rosto de Lucio entre as mãos e o beijou. Na boca. Um segundo, nada mais.

— Não como amigo, Lucio. Como homem.

Era esse o peso que Bolo carregava desde sempre; era essa a aura de mistério que envolvia o ser celestial.

— Nunca houve pequena alguma. É você que eu amo, sempre foi você.

E foi-se. Deixando Lucio ali, no meio da rua. Paralisado. Estagnado. Como um habitante de Pompeia.

Já era noite quando Ritinha chegou ao local — um desses pequenos motéis com apenas um funcionário na recepção. Bastava entrar e fechar a porta atrás de si, se lembrou. Não queria ser vista. Tinha boa reputação e nome da família a zelar. Rapidamente procurou pelo quarto 21, o número do corno. Entrou e bateu a porta, o coração querendo sair pela boca.

Não podia ver nada, sequer tinha certeza se estava sozinha ou acompanhada. Tirou a roupa e se deitou na cama. Ficou ali, calada, de olhos fechados no mais completo breu. Foi então que sentiu um toque, uma mão masculina a acariciava. Um calafrio lhe percorreu o corpo, borboletas tomaram conta de seu estômago — estava num quarto estranho, com um homem estranho, vivendo uma vida que não era a sua; podia ser qualquer um, fazer o que quisesse, ninguém nunca saberia.

E, nesse exato momento, quebrou: Ritinha tinha sido uma boneca a vida inteira e ali estava, mais uma vez, sendo manipulada. Não. Tomou as rédeas da situação e fez o que queria: cavalgou o homem como uma Amazona. Era senhora de si e do animal entre suas pernas. O conduziu *a gosto*, até um grandioso e derradeiro orgasmo. Foi então que, após um breve silêncio, ouviu uma gargalhada familiar.

— Lucio?! — perguntou.

— Sim! Sou eu! Eu! O marido e o amante de minha própria mulher!